ハヤカワ文庫JA
〈JA1211〉

セルフ・クラフト・ワールド1

芝村裕吏

早川書房
7673

目次

セルフ・クラフト・ワールド1

オープニングセレモニー

マップの外にも大地はあって、そこはやっぱり砂漠で、砂丘で、からっと晴れていて、それでチクワも住んでいる。

マップの南端に生成された私たち《NPC》だって一応そこに歩いて行ける。行けば全てから解放されると思っている私たちもいる。私自身は、まだ行こうとは思わないけれど。

南側に広がるマップの外に背を向けて、雲ブロックも生成されていない青空を見上げた。上空八キロブロックくらいを群れをなすアローバードが飛んでいる。まだ高度が高いが、出産のため、じきに下がってくるだろう。

アローバードが来る頃には、祭という年に一度の稼ぎ時が来る。

それが、どんなものかは、正直よくわからない。

楽しみだろうか。これもよくわからない。

稼いでどうするかも、わからなかった。

わからないことだらけで歩いている。

なぜわからないことが多いのか。一つには、私は生成されてすぐだからだと思う。今日が四日目だ。

あと、プレイヤーともまだ会ったことがない。

私はエリス。プレイヤーが覚えられないからそれ以上の名前はない。普通は単にゲームと訳される、〈セルフ・クラフト〉の日本サーバーに生成された女性型NPCだ。

誰でも見ることができるヘルプメッセージによると、NPCとはプレイヤー以外のキャラクターを言う。ノンプレイヤーキャラクターという。

私はその中でも村に配置される〝村人〟で、ゲームの全部がそうであるように、プレイヤーのために存在している、とされる。

もっとも、プレイヤーと会ったことがないのだから、実感はない。それどころか、どうやってどう動けばプレイヤーのためになるのか、まったくわからないまま生成されている。

ゲームの中の住民が言うのもなんだけど。これはバグね。欠陥だと思うわ。

私は少女型で生成されている。翠色《みどり》の長い髪で、目の色は蒼《あお》。肌の色は何層にもわたって透過描写されている。強い光にあてれば骨も見えるし、血管も見える。つまり、リアルだ。服も最新の物理演算で描写され、女性型村人の制服である地味なワンピースの裾《すそ》を翻《ひるがえ》せば視線誘導間違いなしというところ。

最新の技術で生成された、村人。それが私。

顔はサーバー利用者の九九％を占める日本プレイヤーにとって、もっとも好ましいとされる顔から、意図的に少しだけ、ずらしてある。

具体的には、私の場合は口がわずかに下にずらして配置されている。

プレイヤーとはヘンなもので、こういう風に意図的にずらさないと、すぐに誰だったか忘れてしまうものらしい。どういう低性能画像認識システムなんだろう。好ましいのに印象に残らないって、そもそも何⁉

そうそう、プレイヤーに会ったら、これも尋ねてみたい。生きているうちにプレイヤーに会えるといいけれど。

自分の記憶領域にきちんとメモを残した後、アイテムバッグ1を持ち直して、職場に向かって歩き出す。

職場は私が生成された場所からそんなに遠くはない。規模カテゴリーは〝村〟だ。ゲームシステムに与えられた番号はなく、ただ「メンフィス」という個別名称だけを与えられている。

番号がない理由については私たちの中にも議論がある。

宿屋の主人カルミラさんは、この村には元々プレイヤーが作った建物群があって、それに合わせて私たちが配置されたのだと言っているし、元プレイヤーのコノマは、ゲームの最初から存在していなかったからだとの見解を示している。

要するに、メンフィスは天地開闢《かいびゃく》の時から存在するのではなく、後から作られたということなのだろう。誰が作ったかは、わからない。わからないことばかりなのがゲームというものだ。

村まであと一〇〇ブロック。視界にはまだ入っていない。見える場所に行くには丘を一つ、越えなければならない。

そう、砂漠というものは平坦ではないのだ。砂丘あり、砂川あり、砂地あり、砂利あり、流砂あり、底なし砂もあれば砂が振りかけられた堅い大地や岩がごろごろしている場所も砂漠と呼んでいる。

草木が生成されない不毛かつ海と山以外の全部の場所を砂漠、とゲームでは規定している。なんて大雑把なんだろう。

砂には色も沢山ある。茶色い砂は言うに及ばず、真っ白な砂もあれば赤い砂もある。薄気味悪い黒っぽい砂もある。珍しいが鉱石由来の青い砂もある。

何が言いたいかというと、変化に富んでいて、歩いていて楽しい。

素材になりそうなものを拾いながら移動。今日はニクチクワが良く採れる。大きさ五〇センチブロック、つまり半ブロックの大きさで、短い筒状の形をしているのはアローバードと同じだ。ただ、アローバードほどスマートではなくて、太っている。空も飛ばずに砂の上を走っては、アローバードなどの死体を食べて日々太っている。

これの総排出孔付近を掴んで持ち上げて、アイテムバッグ1に入れる。

祭が近いせいなのか、三〇ばかりも集めることができた。

砂丘を登る。またニクチクワ。捕まえながら登る。少しだがムギもあった。パンの材料になる生き物で、植物ではなく豆のような動物だ。砂の上を転がっている栄養で、いろんな生き物がこれを食べて生きている。

突き刺さってくるアローバード避けの丘を越えたらその下にメンフィスの村が見える。

中央の広場と、螺旋《らせん》状に配置された大小一〇個の建物からなる、村。

宿屋と武器屋と道具屋があって、民家が七つある。畑、牧場、そんなものはない。既定《デフォルト》ではプレイヤーからどうやって生計を立てているのか尋ねられたら、笑顔でこう答えることになっている。

「そらわからんばい」

そもそも生計ってなんだろう。

村というより巣のような場所を歩く。螺旋状に配置された建物のほとんど全部が動物素材や動物に生えていた植物素材で作られている。

砂漠に草木はないけれど、動物の上はその例外らしく、チクワの殻の上に草木が生えていることはある。砂漠では珍しい植物素材は、そこから入手できる。

プレイヤーほど妙なこだわりがない私たちのこと、強度さえ十分なら連続性はあまり気にしていない。つまりは私の立っているこの部分は木で、五ブロック先は別の種類の木で、さらに大黒柱の一つは骨で、壁は皮と甲羅と草と毛で、と、モザイク状に作られていた。

私たちは、このメンフィスの住民という設定になっている。

厳密には住民といえるか、あやしい。私に焼き付けられた記憶では、住民とはその場所に住んでいる人をいうが、この村の私たちは別の場所に生成され、格納され、昼と夜で交換される。

おかげでプレイヤーは、昼と夜で違う顔を見ることができるというわけだ。問題は、私が知る限りこの村にプレイヤーが来たことがない。ということ。

そういうわけで、住人というのはあくまで設定。本当に住んでいるものといえば虫くらいのものだ。

この虫、大きさ一センチブロックでゲーム最速の生き物であるランス・バードのように空気流入孔の上にホーンという尖った角がついている。あと、四枚の可動翼がある。安定翼はなく、小回りは利くが直進速度ではランス・バードはおろかアローバードにも遠く及ばない。名前は、特にない。虫、とだけ呼ばれている。

今も目の前をその虫が飛んでいる。小さく、飛んで、あとは邪魔。

さらに迷惑なことに、ホーンで刺してくることがある。アローバードが建物や砂丘に突き刺さるようなものなのかもしれないが、うざい。

村はゲームシステム上、村人とプレイヤーとプレイヤーが連れている猫以外、立ち入り出来ないというのに。文字通り、虫《バグ》ってやつね。バグが多いゲームだわ。

またもどこからともなく現れた虫を、手で叩いて落とした。恨めしそうに虫が落ち、消えていく。かわりに現れるのは素材。ドロップアイテム。もっとも虫の素材なんて価値はない。だから、無視。

虫も遠慮していればはたき落とされたりしないのに、なぜか頭の方にばかりよってくるのだった。

うんざりした気分で、仕事をはじめる。

仕事。村人にも仕事はある。素材を集めて商品を生成する仕事だ。

素材というか拾い集めたニクチクワを持ち寄って、宿屋の主人であるカルミラさんがメニューからアイテムを生成する。

彼女は村人では珍しい職業持ちだ。プレイヤーやその仲間と同じで職業を持っている。

職業、一二個存在するゲームのステータス。

戦士、力士、聖堂騎士の前衛職。

格闘家、軽騎兵、軽戦士の攻撃職。

弓手《ゆんで》、盗賊、砲術師の後衛職。

鍛冶師、料理人、縫製職人の支援職。

カルミラさんは料理人だ。料理を作って、プレイヤーを支援することができる。

メニューを操るその姿はとても楽しそう。私も素材を提供して、料理アイテムが完成するのを待った。

「だいぶ作りためたね」

同じ村人である友人のコノマがそう言った。元はプレイヤーだった彼女は、憂鬱そう。

村人になった直後は、たいてい憂鬱だと、誰かに聞いた覚えがある。

私は指折り数えてみる。一〇の指では足りないので、一本の指で一〇〇〇とする。それが三つ。

「そぎゃんね。パンと焼き肉は三〇〇〇個くらい作ったたい」

「売れるかな」

「どぎゃんだいろ」

ゲームシステムが設定する保有目標値は適当だ。需要予測があるのかもあやしい。意味のある数字ではなくて、単に私たちが本能的に従う。ただそれだけかもしれない。

「売れるといいなあ」

コノマはそうつぶやいた。

「売れてどぎゃんすると？」

思わず尋ねた。

「売れたらアイテムでも買うわ」

言われてなんとなく頷《うなず》いた。彼女のメンタルモデルはいまや私たちと同じなのに、いまだにプレイヤーだった頃のような言動を繰り返している。

村人がアイテムを手に入れても、使うあてはない。

まあでも、お金を手に入れてもできるのは買い物だけだろうから、それはそれで間違ってないのかもしれない。

料理ができたら私たちは外に出て、広場や門に散っていく。そして、NPCとして刻まれた本能に従って人間を待つ。いくらアローバードが飛ぶ季節になったとはいえ、今日は来ないだろう。そうわかっていても待つ。

コノマも一人で立っている。

村に人が来たら、どうするか。ようこそ、ここはメンフィス、最果ての村です、と案内する。それだけ。

もちろん最果ての村らしく、実際には、よぉきなはった、ここはメンフィス、最果ての村たい。と熊本弁生成エンジンは吐き出すだろう。


夕方まで待って、日の入りを目途に全員が動き始める。一部を除いて仕事終了。私たちは村を出て、地下の穴へ。そこから先はプレイヤーの知らないことだ。

村を出て三〇ブロックほど歩いたところで墜落してしまった。危ないと思う暇もなかった。朝と地形が変わってしまっていたのに、ちゃんと探査をしていなかった。

瞬間計測した結果、落下距離は八ブロック。即死確実。

死ぬと思う間もなかったはずだが、なかなか落下しなかった。上を見ればプレイヤーの一人が私の腕を摑んでいる。ダメージのない友好接触だから、痛くはなかった。

はじめての、プレイヤーとの接触。

プレイヤー、プレイヤーだ。NPCどころかゲームが奉仕する対象。この場合どうすればいいんだっけ。そう、尋ねようと思っていたことがあって記憶に格納されているはずだ。でも、うまく思い出せない。焦りすぎだ。

考える前に、本能が、動いた。

「よぉきなはった、ここはメンフィス、最果ての村たい」

「ああん。そうだろうさ」

男は顔を真っ赤にして、同じく顔を真っ赤にした私を引き上げる。

失敗した。どう考えてもバグのような動作だった。ここはそう、そうだ。助けてくれてありがとうと言うべきだった。

それにしても力を入れるとき顔を赤くするなんて、よくできたプレイヤーだ。まるで私たちのようだ。

私は砂の上に放りだされた。まだ熱い砂の上に投げ出されたわけだが死ぬよりはずっとマシだった。

四つん這いになってプレイヤーを見る。まばらな無精ひげに、砂に汚れた髪と服。背はかなり高い方、前衛職にしては武装が少ないが、支援職にしてはアイテムバッグ2だ。つまり、あまり物を持てない。

どんな職業なんだろう。

「仕事外ばってん、聞いてよかろか。何ばしにきなはったとですか?」

「仕事だが」

プレイヤーにしか見えないけれど、私たちのようなことを言う。

「最近NPCにならしたとですか?」

「いや、ずっと人間だ。巣穴まで送ろう」

なんでそんなことまで知っているんだろう。私は自分を助けたプレイヤーさんをまじまじと見た。

頭上で間抜けな音が流れて恋愛フラグが立ったことがわかる。ゲームシステムが認定するには、どうも私はこのプレイヤーさんに恋したらしい。

いやいやいやいや。まだ観察途中ですから。

そう思って見上げたが、裁定は覆らない。段々、焦りだしてきた。

え、いや、嘘。

生成されて四日。恋愛はちょっと、まだ早い気がする。

自分で言うのもなんだが腕を摑まれて恋するというのもちょっとどうかしている。これではまるでチョロい女だ。ヒロインならぬチョロインだ。

ステータス画面を呼び出して自分の頭の上に表示された恋愛フラグを見る。

しっかり立っている。もう一度、砂の上で四つん這いになった。

ゲームシステムが恨めしい。

「違うけんね。違うけんね！」

「ああ、うん。大丈夫大丈夫」

何が違って何が大丈夫なのか。主語不明のまま私は再度引き上げられて、立ち上がった。

やっぱり、プレイヤーさんは背が高い。私より半ブロック、五〇センチブロックほども高い。

「そうばってん……ありがとう」

「巣穴はこの先かい？」

言葉を失った。そもそも地下の穴については拷問されても口に出せない仕様になっている。フリーズしているとプレイヤーさんは頷いた。

「いや。いい。残念だが今日は帰るのをやめたほうがいいな。こういう溝は他にも出現しているかもしれない」

私は黙って頷いた。手を握ってもらって先ほど落ちた場所を見下ろす。二〇ブロックほどの幅で長い砂岩の道が出来上がってしまっている。砂は上から一〇〇ブロック以上の重いものを乗せることで砂岩に変化する仕様だから、重量物が移動していったことになる。

「サンドチクワ」

砂岩の道を作った生き物の名を告げた。プレイヤーさんは頷いた。

「ああ。幅からしてまだ成体でない第四齢のサンドチクワだ。繁殖期でもないこの季節での単独行は珍しいが、跡からして間違いない」

「そは専門用語ね……？」

何を言っているのかさっぱりわからない。プレイヤーさんはゆっくり口を開いた。

「俺はモンスター・ウォッチャーなんだ」

「そぎゃんとは聞いたことなか職業ばい」

ゲームシステム上は存在しない職業。

嘘つきというよりは、謎めいた人、という感じだ。私は見上げて目を細めて不満を表現したが、無視、された。

「そうだろうな。そっちはどうする」

不満を目線で表現した後、私は目をそらして暗闇の中に沈んだような、サンドチクワの作った道を見下ろした。

巣穴と呼ばれる地下の穴への帰還は、あきらめざるをえない。踏み潰されてしまっている可能性が高い。

ひょっとしたら奇跡的に無事かもしれないが、この辺りはサンドチクワのせいで地形が変わってしまっている。

サンドチクワは巨大な空気流入孔で砂を吸い上げ、養分を分離し、背中についた左右の総排出孔から噴き出す。重さで道を作る一方で左右に砂を積み上げるわけで、そのせいで広範囲に地形が変わってしまっていたのだ。

見通しのいい昼ならともかく、暗くなった今では穴を見つけることはひどく難しいだろう。朝までに見つけられる可能性は、ほぼ、ない。

数百万Gは巣穴にあったんだけどな。こんなことならコノマにあげてしまえばよかった。

「助けてくれてありがとね。そうばってん、もうダメばい」

地下の穴に戻れない私たちは悲惨な目にあう。朝には一度死ぬ。

ゲームシステムは、昼の街の住民が夜にいることを許したりしない。

プレイヤーさんはそうだよなと言った後、優しそうに私を見た。

「とっさに助けたが、助けついでだ。俺のパーティに入るか？　村人からカテゴリーが変われば、あるいはその浮かない顔もどうにかなるかもしれない」

どこまで私たちの生態を知っているのか、死にたくなければ仲間になれ、と言う。

仲間とは、プレイヤーのお供のことでプレイヤーと一緒に旅する存在を言う。

ゲームでは村人をプレイヤーが誘って同意を得ることで種別を〝仲間〟に変更できた。仲間になれば新たに職業を得るほか、村人に課せられた巣穴に戻らないといけないという制限がなくなるので、確かに助かる。

でも。

私はプレイヤーさんを見た。彼は、どんな打算でそんなことを言っているんだろう。ゲームのイベント、つまりただの暇つぶしだろうか。でも、エロゲーのイベントみたいに思われていたら嫌だな。それでなくても見たところソロプレイヤーだから、つまりはそう、二人きりでの旅になる。二人きり。二人きりかぁ。

私は恨めしそうにプレイヤーさんを見た。

「恋愛フラグば立ったばっかりの人に、そぎゃんこと言いよっと?」

「それを言うなら名前も聞いてない人に、だろ」

プレイヤーさんは苦笑している。

「プレイヤーはそうかもしれんばってん……」

私たちにはプレイヤーと違って相手のＩＤが見えているので、個別判定に問題はない。それでも困った。ＩＤ以外は、何もわからない。

積極的に生きたいわけでもないし、目の前のプレイヤーさんはちょっと怖い。妙なことを知りすぎている気がする。でも恋愛フラグは確かに立っていて、私はさっきから離れがたい気にもなっている。

ゲームシステムが恨めしい。

考える。フリーズ判定ぎりぎり、リセット直前まで迷った後、ため息。

「何かあったら、すぐ自害するけんね。そっでよければ」

プレイヤーさんは神妙に頷いた。砂に汚れた眉の下の目は、とても優しく見える。

「積極的に自殺できるタイプは初めてだな。わかった」

「昔の浮気ね?」

プレイヤーさんは苦笑い。片方の眉をあげた。

「過去はノーカウントさ」

「そらノーリセット主義者の言葉たい」

プレイヤーさんは笑ってごまかした後、俺はGENZ《ゲンツ》だと言った。

「うちはエリスたい」

GENZは顔をしかめたが、何も言わなかった。それだけで心が痛む。ゲームシステムが恨めしい。さっき出会った人に嫌な顔されただけで傷つくのが嫌だ。

「なんでそぎゃん顔ばすっと？」

「過去はノーカウントだ。いや、エリスには関係ない」

GENZはそう言って、メニューを開いて私を仲間にした。

そのままステータス確認している。裸に剝かれて覗かれている気分。

「どうしたんだい？」

「よお仲間NPCは自殺ばさっさんね？」

私の言葉にGENZは真面目に考えている。

「自殺をしないのはなぜかだって、いや。あー姿形は同じでも、人間とNPCはかなり違う。ええと。つまり俺が悪いことをしているなら謝る。教えてくれると助かる。今のやり取りの何が悪い？」

「うちのアイテム欄とパラメータと3Dモデルの確認ばしとったところたい」

GENZは慌ててメニューを閉じた。

「その発想はなかった。俺のパラメータは見てないのか？」

「？　見えとるばってん」

GENZは遠くを見た。理解が及んでない時にやるプレイヤー特有の動作だ。

「まあ、人間とだいぶ違うのはわかったよ」

GENZは私の手を取って削り取られた砂丘を慎重に降りた。サンドチクワが作った砂岩の道の上に立つ。砂丘にさえぎられて風が弱くなって、髪が暴れることがなくなった。

トーチプランツの種を手に、つまりは明かりをつけて歩く。南のほうへ。

「どこに行くと？　メンフィスの村はここから西ばってんが」

「仕事中でね。見たところ体力的にも付き合えそうだし、一緒に来て欲しい」

欲しいも何も、私には選択のポップアップウインドウさえ出てこない。だから、黙ってついて歩いていく。

何のために村から離れるのだろう。

押し倒されたら、まあ、死のう。ちゃんと巣穴が機能していればいいけれど。

砂岩の道に沿って、南へ、南へ。

プレイヤーが言うところの不可侵領域のほとりに私たちは住んでいる。〈セルフ・クラフト〉の広大な二次元平面の南端、いわゆるマップの外れというやつだ。その境界にははっきりと見える何かがあるわけではないが、それを越えてプレイヤーは足を踏み入れることができない。

私の見たところ、マップの外れまでは三〇〇〇ブロックもない。

「チクワは不可侵領域に行きたなはったにきまっとるたい」

「それならそれを確かめたい」

輝くトーチプランツの種を握ったりつまんだりして遊びながら、GENZはそう言った。

それが仕事、モンスター・ウォッチングというものらしい。ゲームシステムが定める一二職とは、違う職業。たぶん、自称。

それにどんな意味があるのかわからないという点では、私たちがやっている案内や説明とどっこいどっこいの仕事だった。

そういう意味ではこの人は、つい先日までプレイヤーだったコノマよりも私たちに近い。それが良かったのかどうかは、まだわからないけれど。

「そろそろ不可侵領域ばい。あと四〇〇ブロック」

「四〇〇メートルか」

わざわざプレイヤー風に言い換えてGENZは足を止めた。私もそれに倣《なら》う。もう、前には進めない。見れば砂に埋もれるように、サンドチクワの尻が見えている。草木も生えていない表面の殻は完全に動作を停止していて、背から糞と砂を吹き上げている様子ではなかった。

「死んどらす」

「まだわからない。調べてみる」

GENZは勢いをつけてサンドチクワが作った道の横、砂の壁を上がった。エリスとしては、上がるまでもないように思えた。サンドチクワはその大きさを維持するために、四六時中動きながら砂を食べている。食べなければ、死ぬ。そういう生き物だ。食べて体を形成する素材をこしとりながら、不要なものを背中の総排出孔から噴き出す。噴き上がる砂も感じないし、サンドチクワは前に動いてもいない。つまりこのチクワは、死んだチクワだ。

暗闇の中で待つこと二四〇カウント。エリスが見たところGENZは死んでいない。でも、遅い。一緒にいけばよかったか。いや、なんで明かりを残しておいてくれなかったのだろう。NPCにはいらないと思っていたのか。それともやっぱり、暗闇から襲われるのだろうか。

じっとしていたら不意に頭上が明るくなった。GENZだった。

「来ないか。サンドチクワを間近に見ることが出来るなんてめったにない」

死体を鑑賞する趣味は私たちのメンタルモデルにない。プレイヤーには許容されても私たちにとってはバグ、とゲームシステムに認識されるからだ。当然その末路は死、あるのみ。

死体鑑賞以外の可能性もあると私は自分の人工知能《AI》をだましGENZの手を取った。砂まみれになりながら乱暴されたら、いや、その前に死のう。自害はいつでも簡単だ。アイテムバッグ1の中にはコップに入ったマグマが装備されている。

それを使えばアッという間に燃える。

GENZは私を引っ張り上げた。風がひどく強い。彼は自分の上着を私の頭に装備させて私の髪と顔を守った。守備力が低いうえに、あまり可愛くもない気がする。

「見てごらん」

だから、死体を見るのは趣味ではない。

それで、片目だけ開けてサンドチクワを見た。

大人ではないがそれでも横幅は二〇ブロック、長さは一二〇ブロックはあるだろう。GENZによれば、吹雪型駆逐艦が横に二隻並んだくらいの大きさ、だと言う。喩えのほうがわからない。

半分砂に埋もれているが、高さは二〇ブロックはある。つまり、幅と同じ高さ。七階建てのマンションと同じ高さというが、これまた私には何のことかわからない。

色は、灰色。硬い岩石質の殻に覆われている。中の肉はゼリー状でまずいと、コノマに聞いたことがある。砂っぽいニクチクワよりさらにまずい、とも。

尻にほど近い場所と、前方に、八枚ずつ小さな翼のような三角の突起がついている。小さいといってもそれは全体に比しての話で、一枚は一〇ブロックほどの大きさになる。もとは可動したのかもしれないが、今では殻に覆われ、一体化して動かせるようになっていなかった。

「これはなんだいろ」

私がつぶやくと、GENZは性的に感じているような顔で口を開いた。

「可動翼だ。痕跡器官の一つで、今ではほとんど意味をなしていない」

意味がないものをなんでつけているんだろう。ゲームはわからないことだらけだ。

盛り上がった背の上を歩く。真ん中が道のようにへこんでいて、歩きやすい。チクワには背骨がないんだよ、とGENZは言っている。

背骨なんて私は人間と猫とサンボンくらいでしか見たことがない。生き物に背骨はないのが普通で、あえて説明する意味がわからない。

「それが、なんだいろ」

「背骨なしに砂をかき分けて真っすぐ動くのは大変なんだ」

「じゃあ、どぎゃんしとっと？」

「背骨の代わりがある。あと、生きている間には筋肉が殻の節目と節目をうまく連結させている。つまり外骨格と背骨代用物のハイブリッドだな」

足元を見る。サンドチクワを形成する殻と殻の節目には雄雌の接合部があって、そこに嵌《はま》る形で殻が連結されていた。

中身というか中のサンドチクワが死んだせいか、ぐらぐらしていた。上に乗り続けていると、危ない気がする。慌てて、でも慎重に進む。

盛り上がった背は低くなり、頭部にたどり着く。頭といっても、それとわかるものは何もない。

「ここらへんがサンドチクワの目だ」

そう言われて殻の一角に目を凝らすが、何も見えなかった。他と違ってのっぺりした殻があるだけだ。この殻の下に目の器官があるという話らしい。これも痕跡器官とのこと。

「痕跡器官って、なんね」

「今は本来の機能を失ってしまった、元々あった器官のことだ」

つまり、サンドチクワは元々可動翼もあって目もあったことになる。

でもそれって、もうサンドチクワとは言わない。別の何かだ。

傾いた頭から地面に降りる。ほんの一跳び。大きく開いた口は左右に分かれていて、真ん中を縦に仕切る隔壁が見えた。

「これが背骨の代わりだいろ」

「そうそう。エリスは賢いな」

なんだか嬉し恥ずかしい。恋愛フラグめ。

「なんでこんなところで死んだとだいろ」

「死んだのかはわからない。ドロップアイテムが出ていないだろう」

もう一度空っぽの殻を見る。確かに、素材というか、まずい肉が落ちていない。

「もしかしたら脱皮かもしれない。成虫になって不可侵領域に向かったんだね」

「サンドチクワの脱皮なんて聞いたことがなか」

「外骨格の生き物は脱皮する。これはゲームでも同じはずなんだ」

ゲームでもってなんだろう。

GENZは殻の先を見る。何も見えない暗闇の先に、何かを見ているよう。

「砂岩の道ができていない。いや、ありはするんだろうけど、埋め戻されてしまっている。たぶん脱皮したばかりのサンドチクワは本物と同じように総排出孔が尻にまっすぐついているんだ」

ちなみに本物とは、森林を食い荒らすフォレストチクワのことをいう。サンドチクワはフォレストチクワの亜種ということになっている。文字通りの竹輪のような形をしていて、基本的には柔軟性がないホースそのものの格好をしている。アメリカではワームというけれど、日本サーバーでは、チクワと呼ばれている。

「そぎゃん話は聞いたことがなか」

反論した。抱えられるほど小さいサンドチクワだって左右に分かれた総排出孔が背中にある。脱皮した直後だけまっすぐなんていうのは、おかしい。生き物が途中で姿を変えるというのは、ちょっと信じられない。

「姿を変えるのを見たことがあるプレイヤーがいないだけだ。たぶん」

GENZの言葉に、私は顔をしかめた。ログイン時間に制限があるプレイヤーたちならまだしも、私たちはそうではない。いや、言うほどあちこちを見ているわけではないけれど、とにかく、絶対、その意見には納得しかねた。そんなに簡単に新発見ができるのなら、私たちが山ほど新発見をしている。

面白くなさそうに口を尖らせて眉をひそめていると、GENZはこちらの方を見ずに背伸びした。顔はたぶん、少し笑っている。

「今度は実際に脱皮のシーンを見てみたいもんだ」

そういえば、脱皮しているところは見たことがない。私は急に自分の自信が萎んでいくのを感じた。それで、眉をひそめるのはやめた。口は尖ったままだったけれど。

「なんで気づかんとだいろ」

「そりゃまあ、興味ないからだろう」

言われてみれば全くの話で、エリスだって今日の今日まで興味のない話だった。恥ずかしい。

GENZは、ゆっくり砂岩の道を歩き始めた。

「んじゃ、メンフィスに行こうか」

「サンドチクワの殻はどうすっと？」

サンドチクワの殻は良い素材、中でも建材になる。サンドチクワのゼリー状の肉と砂が混ざると、砂岩など及びもつかない堅い岩になるからだ。ちょっと昔の砦はサンドチクワの殻をそのまま使っていたとも、私の知識には焼き付いている。

ＧＥＮＺは、笑った。

「そっちは仕事じゃないんだ」

「高う売れるばい」

「ＮＰＣは金を特に使わないという話だが」

「そうばってん。そうばってんが」

私の方がプレイヤーのようなことを言っている。これだからプレイヤーはいけない。私たちよりずっと人間的でない。ちらりと殻を見た後、捨て置き、慌ててＧＥＮＺを追い始めた。

いつのまにか、夜は終わろうとしていた。

砂岩の道

砂岩の道はサンドチクワの横幅と同じ二〇ブロックほどの幅がある。最近都で流行している自動車なら、四台くらいは並べて走ることができるだろう。人間型のキャラクターは見た目はともかく当たり判定的には幅一ブロック縦二ブロックで表現されているから、隙間なく並べば二〇人並んで歩くことができる。

何が言いたいかと言えば、だだっ広い。そこを、もと来た道を戻るような形で二人で村に向かって進んでいる。そのうち私が転落しそうになった場所が見えてくるはずだ。

砂にまみれていなければ気持ちの良い朝かもしれないが、実のところ今日のこの日は、ちょっと心細かった。

道が広すぎてどこを進めばいいかランダム決定しなければならないし、風が強くて不安な気持ちを掻き立てられる。恋愛フラグが立った正体不明のモンスター・ウォッチャーと二人で歩くには、実に向いていていない。

ＧＥＮＺは砂岩の道を走っている。つられて私も走っている。走ると疲れる代わりに食料消費が激しくなる仕様だが、GENZは大量のパンをアイテムバッグに入れていた。メンフィスで沢山買ってくれるのかもしれない。

しかし、走るというのは、会話に向いていない気もする。自分が何をやっているか、段々わからなくなる。そこで一度GENZを追い抜き、話しかけるために横を向いたところGENZは何を間違ったか、抜き返してきた。いい笑顔をしている。

競争か。いや、子供か。

百年の恋も冷めるとはこのことだろう。恋愛フラグを落とすことができれば、と思うのだが、理不尽なことに一度立った恋愛フラグはゲームの仕様として落ちないのだった。残念極まりない。

腹が立ったので大きく息を吸って再度抜き返し、手で×印を作って意思表示した。ようやくGENZが速度を落とした。

「どうした」

コノマは走った際息が切れるとよく言うが、私も息が切れそう。ゲームシステム的な疲労ではなく、メンタルモデル的な意味で。

「おかしいですよGENZさん。恋愛フラグが立っとっとならもっと別のことばすっとじゃなかと？」

そう言うと、GENZはVガンか、と口走った後、言葉に詰まった。悩んで何度かセリフをタイピングし直したあげく、こう言いだした。

「いや、今のは忘れてくれ。俺とどうにかなりたいのか」

なんて破廉恥《はれんち》なことを言うプレイヤーだろう。人間らしくしなさいと言いたい。

私は横を向いた。

「……別に、そぎゃんことじゃ」

わが意を得たような、GENZ。

「そうだよな。フラグなんてものは飾りだ。実際のところ、最近のNPCに搭載されるAIはもっと高度なんだから恋愛の可視化なんて土台……」

まだ説明は続きそうだったが、私は言葉を遮《さえぎ》った。

「だからってうちがフラグの影響ば受けとらんと思わんではいよ」

「AI大変だな」

「そうたい！　……あ、えっと、だけんうちを、その、尊重するプレイングをずっとよかと」

「どんな風に？」

二百年の恋も冷めそうな言われようだ。私は唇を噛んだ後、迷いながら口を開いた。

「うちのメンタルモデルはあたのことば知らんけん、箱ばばちくりがえしたごたるもんたい」

「すまん。何を言っているか、さっぱりわからん。それは日本語か」

「正常動作範囲内たい。……えっと」

自分のちょっと訛った言葉が可愛いと思っていたので、さっぱりわからないと言われてショックだった。GENZは首をひねりながら言った。

「あたって何？」

「あんた、あなたのこと」

「ばちくりがえしたごたるって？」

「ひっくり返したような」

「箱をひっくり返したような気分ってことか。えーと。ぞわぞわした感じ。かな。最近のAIは抽象的だったり感覚的だったり、方言を使ったりと、良くできているなあ」

「そっは褒め言葉になっとらんけんね。口説き文句にもなっとらん。人間相手には通用するかもしれんばってん、うちはそぎゃん非人間的じゃなかと」

プレイヤーの方が非人間的だとは、エリスたちの共通認識だ。この前まで人間だったコノマすら、最近はその意見に頷いていた。

例えば素材集めと称して同じモンスターを延々狩り続ける。

例えば訓練と称して延々と同じ動作を続ける。

例えば情報収集と称して町や村の人全員に話しかける。引き出しを全部開ける。

つまり同じ動作をロボットのように繰り返している。私たちから見れば、全然人間的ではない。

GENZは私の指摘の意味がわかってないのか頭をかいている。

「プレイヤーが人間的じゃないっていうように聞こえるな。やっぱり、日本語生成エンジンが少し変だ」

「熊本弁生成エンジン。あと正常動作範囲内たい！」

「ああ、そう」

それで、一緒に歩き出した。私の怒りゲージは高水準で止まっている。もう少しレベルが高ければ超必殺技が使えるところだ。

GENZは足を止めて上を見た。ゲームシステム上、砂が風で動くことはないから道がふさがったりすることはない。だからこれは、単に足を止めただけだ。

私は横に立って、難しい顔。

「前から不思議に思うとったばってん、なんでプレイヤーは砂を風で動かさんと？」

ゲームはプレイヤーが作ったんでしょと、問うた。GENZは何かを探すように眼球を動かしながら、口を開いた。

「風やそれに伴う砂の動きはちゃんと再現しようとすると膨大な計算リソースがいる。何百ものAIを走らせるよりずっと大変だ。通信量が膨大になりすぎるからだな。その割に誰も喜ばない。だからやってない。現行システムでやってるのは縦方向の処理だけ。つまり重力で下に落ちたり圧縮されて砂岩になるシステムだけかな」

「なるほど。なんで足ば休めらしたとね」

「上」

言われて上を見た。この季節では珍しくないアローバードの群れだ。長さ一〇センチブロックほどの細長い鳥。

この季節のアローバードは出産を間近に控えて頭の後ろ、背がサンドチクワのように盛り上がっている。いつもの流線形ではない。色は白で、全身を覆う殻は極度に柔らかい。お尻のほうに四枚の三角形をした安定翼と、口のほうにまた四枚の可動翼がある。目は丸いのが二つ。

翼で空を飛ばずに、空気流入孔から空気を吸い込んで、体の中で燃焼させて、尻の総排出孔から噴き出す。それで、飛ぶ。空気と一緒に食べ物も食べている。たぶん虫を食べていると思うが、誰も確かめたことはない。

出産時をのぞくとずっと真っすぐ飛んでいる生き物。着地するのは一生でもわずかな時間。アローバードのような、とは落ち着きがないことを示す私たちの言葉だ。

素材的には、なんの利用価値もない鳥。むしろ有害だった。この季節は建物に突き刺さる。刺さって建物が壊れるほどではないが、死体やドロップアイテムが上から落ちてくるのはあまり気持ちの良いものではない。

GENZは手をあげてじっとしている。アローバードが木々と勘違いしたか出産のため
GENZの指先に止まった。アローバードは地面に止まると死んでしまうので木々に止まる習性がある。

おかげでその気になれば簡単に捕獲できてしまう。柔らかな筒状の体を掴んでGENZは私にアローバードを見せた。

「チクワ類はこのゲームでもっとも成功したモンスター、いやG-LIFEの一つだ。アローバードはその中でも空に進出した種族だ」

チクワの親戚と言われても体が筒状であること以外にあまり共通性はないと思うのだが、GENZの中では同一の種から枝分かれしたことになっているらしい。

だからどうしたっていうんだろう。私の怒りゲージはそんなことでは下がらない。

GENZは私には絶対向けないような優しい目でアローバードのお腹に触ったり小さな安定翼をつまんで眺めている。

「もともとは地上や地中にいた生き物だ。ミミズなどのワームに沿った原始的な生き物だがゲームのルールに合わせて短い、そしてまっすぐな形で繁栄した。そのうち一部が空に進出し、渡りまで覚えた。それがアローバード。移動距離は一〇万キロメートルを超える」

「一億ブロックてね……」

世界の果てから果てに近い。そんなに長い距離を空中のあれそれを食べながら前進していたのか。

「一方でアローバードの一部は地上に降りた。この翼、似たようなものを見なかったかい？」

私はサンドチクワを思い出した。確かにあった。サンドチクワのほうが数は二倍あったけど。形はそっくり。

「チクワってグランドホースから生まれとっとじゃなかとね」

「実は違うんだ。アローバードが地上に降りて適応進化したのが森《フォレスト》チクワやサンドチクワなんだよ。この安定翼がなによりの証拠って奴さ。この翼はアローバードにはあってもグランドホースにはない」

「えー。同じごたる翼が別々に生えたとか？」

GENZはなぜか顔を明るくした。

「いい疑問だ。でも、フォレストチクワの翼もサンドチクワの翼も役立ってはいないんだよ。意味のない形を作るために別系統が同じ形に進化をしたと推定するよりは、両方ともアローバードの痕跡を残していると考えた方がずっと筋が通っている。だから今のところはこれが主流の推定なんだ」

「推定て……プレイヤーなら資料ば調べれば一発じゃなかと？　こン世界始まって以来のデータが存在すると昔聞いたことがあるばってんが」

実際私たちには、そういう信仰もある。たとえ死んでもデータから復活するであろうというデータ教の教えだ。だから自殺も肯定的に考えられている。私はあまり敬虔な信徒ではないが、それでも嫌なことがあったら自殺しようと思っていた。

ところがGENZは首を振った。

「そんなに簡単でもない。ゲームの全体データを保存するのは大変で、飛び飛びにしかないし、一部を再生したり調べるのはさらに大変だ。G‐LIFEの進化の速度を考えるとデータ保存の合間に大きな進化が起きていても不思議じゃない。まあ、コスト的にも今のゲームから推測した方がいいってことさ」

私は衝撃を受けた。データが常時保存されていないというのは、信仰の根幹にかかわる問題だ。例えば私が生まれたのが五日前だから、それより長い周期でセーブされてないとなると、私は世界が復活しても一緒に復活しないことになる。

「あの、つかぬことばたんぬるばってん？」

「たんぬるっ？」

「お伺いすっとばってん」

「あ。尋ねるか。わかった、なんだい？」

「ゲーム全体のセーブ周期ってどんくらいね」

ＧＥＮＺは直ちに答えた。

「現実で半年だから一八二日周期かな、一部のセーブなら五〇日に一度だ」

私は崩れ落ちた。現実の五〇日前となるとこちらでは四八〇〇日前だ。もう想像もつかない太古ではないか。私たちのベースになるメンタルモデルが製作されていたかどうかも怪しい。

終わった。私たちの信仰、終わった。

一瞬呆けたが、すぐに死なないでよかったと思いなおした。怖い。死ぬのが急に怖くなった。それで、がたがた震えた。

「大丈夫か」

「人間らしくなくてすんまっせん」

「いや、その動作は、あー。ずっと人間らしい。落ち着いてくれ。何か怖がらせたか」

「違か。ただ、うちらが知らないことがたくさんあっと」

「人間だってそうだよ」

私の熊本弁生成エンジンがエラーした。うまくしゃべれない。怖い。

ＧＥＮＺは瞬間、難しい顔をした後、アローバードを高く投げ飛ばして離した。乱暴に見えるがそうしてやらないとアローバードは吸気量が足りなくてうまく飛べなくて死んでしまう。

ＧＥＮＺは私の手を引いて抱き寄せた。

背中を叩かれる。

「大丈夫、大丈夫」

間抜けな音が流れる。恋愛フラグがまた立った。二つ目。五段階しかないのにもう二つ目。私はなんてチョロい設定なんだろう。

何の意味もない慰めとわかっているのに、とても安心する。心がぎゅっとする。

「俺はモンスターが専門なんだ。君たちのことはよくわからない」

「この音は違うけんね。違うけんね！　何の盃でもなかけんね！」

「盃ってなんだかわからないけどわかっている」

ＧＥＮＺは優しく私の背を叩きながら歩き出した。

「参ったな、小さい子を慰めるなんて何年ぶりだろう」

「うちは生成後五日ばい。だけん、これは初めてばい」

「あー。そうだろうな」

ま、ゆっくりやっていこう。ＧＥＮＺはそう言って空を行くアローバードたちを見た。

メンフィス

メンフィスは砂の上に作られた集落だ。ゲームシステム上は村、ということになっているが、実際には建物一〇個と小都市くらいの規模がある。にもかかわらずなぜ村を名乗るのかと言えば、プレイヤーの人口が原因だった。さすが最果ての村だけあってメンフィスに常駐するプレイヤーはいない。

話によるとアローバードのようにプレイヤーはプレイヤーの多いところに集まる。つまり、群れる。

GENZ風に言えばそれが人間の習性というものらしい。

ともあれ村、都市などの区分はプレイヤーの人口だけで決まった。エリスたちの数や施設の数、土地面積では決まらない。

おかしな話だと思うが、これもゲームシステムのせい。理不尽なルールが世界を縛っている。

メンフィスに戻ったのは日も随分高くなってからだった。歩く距離がどれだけ長くてもゲームシステム上、疲れはしないがお腹は減る。

「ようこそ、南の最果ての村メンフィスへ」

私が言うはずのセリフを、別の村人が、見知らぬ男の人が言っている。とても不思議な気分だったが、特にうらやましいとは思わなかった。なんてことだろう。前は夜になるまで案内のセリフを言うために待機していたのに、ステータスが少し書き換わって仲間になった瞬間に本能まで変化してしまった。

今の私はＧＥＮＺの仲間だ。仲間、なんか嫌な響き。

ため息一つ。

一方村は、私がいなくなったところで何も変わっていなかった。気にもとめていないよう。村人たちはいつも通り、村のあちこちに立って、プレイヤーに話しかけられるのをまっている。

ＧＥＮＺは私そっちのけで村の中を珍しそうに歩いている。

「プレイヤーが見ると面白か村ね」

ＧＥＮＺは顔を少し笑わせた。モンスターほど面白くはないということは、表情だけで類推できた。良くできたフェイス制御プログラムだ。実際の顔の動きをモーションキャプチャしているのかもしれない。

「建材がありあわせだな。ちぐはぐだ」

「しちゃくちゃばってんが、壁としての機能は基本的にどぎゃんブロックも同じたい」

「燃えるとか耐久力とか、いろいろ違いはあるんだろう」

「戦闘用途の砦ではなかかと。ここは。だいたい他ン村や街てか、うったちが作る村であればあるしこおんなしだいろ」

「あー。たびたびですまないが。さっぱりわからん」

「皆、同じじゃなかと？」

「言葉はともかく声はきれいだな」

はぁ？　と思わず飛びすさった。左右を見る。間抜けな音はない。良かった。本当に良かった。ＧＥＮＺに近づく、睨《にら》む。

「ほけなっとださせるか！」

ＧＥＮＺの眉が小刻みに揺れている。私は恥ずかしくなって顔を手で覆った。言い直す。

「湯気でもださせる気ですか」

「なんで湯気。いや、あー。そうかな。いや、この村は結構変わっているが」

挙句不器用に話題を変えた。この変態、実は私の心を弄《もてあそ》んで顔から湯気でもだしてそれを楽しそうに見ようとしているのかもしれない。

精一杯の抵抗として睨んだ。そしてあえてＧＥＮＺの話題に乗って、心、麻のごとく乱れる状態から逃れようとした。

この村は特殊。そんなはずはない。私たちは建物に応じ生成された時から記憶や知識、技術を焼き付けられて生まれてきた。例えば宿の主人は宿の主人、狩人なら狩人として生まれてくる。私であれば入り口付近で場所を告げる村人として生まれてきた。

住人の格好や顔立ちはともかく、宿で休む、食料を買う、装備や道具を買う。プレイヤーが死亡後復活する。こうした機能面はどの村、町も全部同一仕様、そんな風に私の記憶にちゃんと書き込まれてある。

「そんなことはなか。確かにうちは他の村や街を見たことたなかばってん、かったるそう決まっとっと。昔から」

「かったる?」

「しっかり、ちゃんと」

GENZは興味深そうに話を聞いている。私は不意に声を褒められたことを思い出して横を向いた。

プレイヤーはやっぱり人間的ではない。そんな目で見られたら、ステータスを覗き見られているような気分になる。

「しっかり、昔からか。それは君たちがこの世界がゲームだということだけでなく、ゲームシステムが存在しているということまで理解しているということでいいか?」

返事ができなくなった。ゲームの中の登場人物として、エリスたちはメタ的な発言、つまりゲームシステムの存在に言及することが許されていない。例外は操作やメニュー関連、ゲームのセーブ周りだった。

あまり無理に喋ろうとすると、故障を疑われて消されてしまう。怖くなって小さく首を振った。やっぱりＧＥＮＺは、そういう趣味なんだ。

ＧＥＮＺはこちらの表情を見た後、ため息。頭を下げた。

「悪かった。話題を変えよう」

ゲームシステムが恨めしい。なんでこんな人に恋愛フラグが二個も立つんだろう。なんで自由に発言できないんだろう。これがゲームだなんていうことは、プレイヤーなら皆知っている。なのになんで私はそれについて言及できないのだろう。理不尽だ。

気持ちの整理を、ＧＥＮＺはじっと待っている。ただ目線の動きが自動制御ではないようで、目は私の顔を見ていない。これだからプレイヤーは人間らしくない。心配して待っているなら相手の顔を見るべきではないのか。

それで思いっきり息を吸って睨み付けると、ＧＥＮＺは不意に視線を動かしてこちらにフォーカスした。

「こぎゃん時は、目ば見っと」

「視線も気になるのか……」

「人で実験ば、せん！」

「ああ、いや、今のは違うし。そもそもＮＰＣは専門外で実験なんか」

「変態って知っとっと？」

「まあ、辞書程度には」

「変態！」

GENZは少し笑った。プレイヤーにしては、芸が細かい。

「……ふ、普段からそぎゃん風にすっとがよかと。この変態」

「そりゃ褒め言葉じゃない」

「正常動作範囲内たい。性格の一部として罵倒は認められとっと」

「ツンデレだな」

「内部属性を当てにくっな！」

思わず大声が出てしまった。多くの村人がこっちを見ている。恥ずかしい。

私はGENZの陰に隠れた。

「それ、隠れているつもりか」

「芸が細かかと。良うできとるど？」

「そうかもな」

GENZは歩き出した。注目度はあまり高くなかったようで、すぐに視線は追ってこなくなった。誰だ、そんなパラメータを作ったのは。

後ろに並んで歩く。……なんで後ろに並ぶかわからないが、仲間というものはそうなのだ……、横に並びたいと思った。障害物が多いと、後ろに並ぶ本能や習性が仲間にはあるらしい。

「ツンデレってAIの内部パラメータにあるのか」

「そら黙秘権たい」

「問答無用で話せないわけでもないんだな」

「うちのこと、そこらで捕獲したアローバードかなんかって思っとっとだろ」

「俺はアローバードの方が……」

アローバードの方が趣味、ね。

私はPvPしたいと思った。つまりはGENZを攻撃してやりたいと思った。仲間だからできないけれど。ああ、なのになんで恋愛フラグが二個も立っているんだろう。これからの人生、いやAI生は気をつけてフラグが立たないように生きなければならないわ。どうやらノーリセットでいかなければならないし。

暗い気持ちでいたら、GENZは元の職場に入って行った。つまりは酒場だ。ただ、お酒は置いていない。これもゲームシステムの理不尽だ。

GENZは宿の主人のカルミラさんから、九九個単位で大量の食糧を買っている。

お金はないけど私も買うべきだろうかと迷っていると、友人だったコノマが駆け寄ってきた。元プレイヤーの現村人、白い髪の少女。どこか愛嬌のある顔だちと、とても年老いたような目をしている人物。

「エリス、どうしたの。心配したのよ」

「ああ。コノマ、会いたかった」

今の私は囚われの身、GENZの仲間だった。コノマは私を抱きとめたまま、GENZと会話をしている。

「あなたはプレイヤー？　まだ祭になってもいないのになんで……」

「こりゃまた変わったAIだな」

「今はね」

エリスは振り向いた。GENZはコノマの顔を見ている。エリスの時は見ていなかったのに。

「動く墓標か」

「元人間の現NPCよ」

コノマは毅然とした態度でそう言ったが、GENZには通じなかった。

「同じことだ。いつ？」

「私が死んだ日？　正確にはわからない。最後に操作権限が委譲されたのは現実で三日前こっちじゃ一五分で一日だからあとは計算して。死因は、癌だった。まあ、それ以前に高齢だったけど」

「歳はしょうがないよな」

GENZはそう言って頷いた。コノマは目を細めている。

「この娘《こ》をどうするつもり？」

「どうもしないさ。巣穴に帰れなそうだったから保護しただけだ。で、今から解放するところ」

酒場では仲間と別れることができる。GENZがメニューを呼び出しているところをフリーズしながら見ていたら、コノマが手を伸ばして彼の腕を掴んだ。

「やめなさい。この娘を殺すつもり？」

GENZは驚いてメニューを閉じた。目だけを動かしてコノマを見る。

「詳しく話してくれるか」

「そうね。でもまずは座りましょう。貴方も私たちも疲れないけれど、立って話すのは変だわ」

私に入っている生成時からの記憶によれば、プレイヤーで座って話す人物は極端に少ない。でもコノマはそんなことを言う。不思議に思いながらもGENZが椅子に座ったので、私も横に座った。座るとGENZが随分背が高いことを再確認できた。

「仲間から外れても村人には戻れないの。そこは知っているでしょ？」

「それが？」

GENZは顎に指をあてたまま話すモーションをやっているが、それが何を意味するのかはわからない。コノマは辛抱強く説明を続けている。

「外された仲間はこの酒場で待機状態になる。酒場から出られなくなって、ずっとこの場所で新しいご主人様を待つってわけ」

「NPCは待つのは苦ではないはずだが」

「苦じゃないわよ。死んでいるんだもん。待機状態になったNPC‐AIは動作停止。置物と同じになるわ。そうしてご主人様を待つの。この辺境でレベルの低い、実用性低そうな仲間NPCがそんなことになったらどうなるか、想像できない？」

動作停止だけなら眠るのと同じだと思ったが、永遠に目覚めないとなれば死んだと同じだ。ゲームシステムが恨めしい。なんだってそんなシステムにしているんだろう。

エリスはGENZを見た。GENZは静かに言った。

「想像できない」

「想像してください！」

思わず突っ込んだ。GENZは迷惑そうに口を引き結んでいる。

ひどく悲しくなって顔を覆ってわぁと泣いていたら、コノマがやさしく私の肩に手を当てた。

「私たちの巣穴について知っている程度にこの世界に詳しいのなら、わかるでしょ」

「助けるのと助け続けるのは違う」

「毒食わば皿までよ」

GENZは頭をかくような動作をした後、こっちを見た。目が、合う。私は顔を覆って泣きながら指を開いてGENZを見ていた。

「なんで仲間になってしまったんだろうと後悔している顔に見えたんだが」

慌てて顔を覆う指を閉じた。

「……ち」

熊本弁生成エンジンが壊れた。何も喋れない。違わない。この人は正確に私の気持ちをわかっていた。

でも、死ぬのは嫌だ。死ぬのは嫌だ。私は世界がノーリセットモードであることを確認してしまった。もう自殺したいなんて思えない。

「死にとうなか……」

やっとそう言った。

GENZは机に突っ伏した。

「このモーションやったのは一〇年ぶりかもしれんな……。わかった」

GENZは起き上がった。

「この件が終わったら、人の多い街でリリースする。初心者もいそうな街だ。レベルもそれなりにあげる。持参金もつける。皿の内容としてはそんなもんでいいだろう」

「いいの？」

コノマが尋ねてきた。私は生きられるのならと何度もうなずいた。

コノマはため息。

「生きていた頃なら一筆書いてと言っていたところだけど」

「問題ない。ゲームじゃどこまでいっても口約束だ」

GENZはそう言って立ち上がった。嫌そうな顔をしている。

「その顔、女の子を苦しめるわよ」

GENZは朗らかな笑顔に切り替えた。たぶん、モーションキャプチャをやめて手動で表情を切り替えた。私もその機能欲しい。

「これからしばらく砂漠をうろつくことになる。この娘の装備を揃える」

「もっと北でレベル上げするべきだと思うけど。ここはモンスターが特殊すぎる」

「仕事なんだ」

それで、酒場を出た。

見ればこの村始まって以来ではないかという勢いで、一〇名以上のプレイヤーがこちらに、いや、酒場に向かって歩いて来る。プレイヤーと言えば縫製職人に大枚を払って派手な格好をしているものと相場が決まっているが、そのプレイヤーたちは顔と体つきを隠すように黒っぽい大きな布を頭からすっぽりかぶっているだけ。布の下に着ている鎧もシュウノウトンボの革製そのままで、色も形も一切手を入れておらず、地味そのもの。まるでGENZのようだった。武器も、重装備とはとても言えない。

行きかう。GENZが軽く頭を下げると、黒っぽいプレイヤーたちは返礼として片手を挙げて歩き去っていった。一瞬だけ緊張したように見えたが、GENZは気づかなかったみたい。

また、歩き出す。記憶をもう一度呼び出して、黒っぽいプレイヤーを確認する。違和感があったから調べたのだが、すぐにわかった。表情が、なかった。殺されていた。

プレイヤーは総じて人間らしくないけれど、あの人たちは格別に人間らしくない。連れている私の同類、つまり仲間たちはというと、これまた表情が完全になくなっていた。まるで死んでいるようだ。

怖い。私もいつああなるのか、わかったものではない。いや、今すぐだってああなるかもしれない。だってGENZは私を捨てたがっている。

後ろからではGENZの表情もわからない。

どうにか表情を窺《うかが》おうとしていたら店の前でGENZが立ち止まった。表情が見えた。貼り付けたような朗らかな笑顔のままだった。

息を呑んだところで目が合った。

「何か？」

「……表情が」

「あ。自動変更モードにするのを忘れていた」

表情が戻った。黒っぽいプレイヤーたちも警戒するに違いない。私は下を向いてため息。これからずっと、ご主人様の顔色をうかがって生きていくのかと思うと絶望する。ツンデレには辛いAI生だ。しかも死ねない。ハードモードだ。

「大丈夫。ちゃんと北の方の街で別れてやるから」

優しそうな顔で言っているが、それだって手動で設定してるものかもしれない。泣ける。

「どこさんはってても口約束て言うとった……」

「いや、そんな意味じゃ……」

GENZは困った顔をしながら店に入って買い物をした。男として最悪の動きだった。

私用の装備がアイテムバッグ1にどんどん入って行く。

「一式終わり。さすが辺境、既製品じゃ、一応最高なんじゃないかな」

ゲームでは、なぜだか田舎ほどいい装備が売られている。なぜかはよくわからない。これもゲームシステムの理不尽かもしれない。

ともあれ、この村で売っている装備は結構いいものらしく、昔、祭が開催される前のメンフィスに来る者の多くが、アイテムを買いに来るケースだったとコノマに聞いたことがある。

私はメニューを開いて装備を変更した。瞬間的に服が変わってずっしりとした重さを感じる。それでいて武器は一本の短剣だけだ。

重量のほとんどは服のせいだ。革鎧と、スリットの入った長いスカート。砂が入らないように口を縛るタイプのブーツ。

「重かと」

「ケガするよりはましだよ。なあに、レベルがあがれば筋肉がつく。これぐらいすぐに気にならなくなるさ」

GENZは優しくそう言ったが、信用できない。

「こん変態。うちが苦しんどるところば、ゆっくりトロトロ見るつもりだいろ」

「仕事忙しいのに？」

その言葉は信用できそうな気がした。

まあ、そうか。あくまで私のことはついでというのなら、それはそれで悪くないかも。さっきのプレイヤーたちよりはGENZのほうがまだいいかもしれない。勘違いかもしれないけれど。

横を見て目をそらす。

「でも重かと。ちょびっと装備を減らせばどぎゃんかなるかもしれん。この双眼鏡とか」

「それだけはしまうな。商売道具だ。あとは素手でも真っ裸でもいいから」

「こん変態！」

「いや、本当に仕事なんだって」

重い。でも、真っ裸になんかなれるわけがない。

それで、短剣をアイテムバッグ1に仕舞うことにした。アイテムバッグに格納されたアイテムの重さはカウントされない。よくプレイヤーはそこが変だと言うらしいが私にはアイテムバッグのない生活が想像できない。GENZじゃないけれど、プレイヤーはゲームの外ではレベルが低い間、真っ裸で歩いているのかもしれない。

大きな双眼鏡を胸に下げて歩く。GENZは私が武器を持っていないことに気づいて何か言いたげだったが、何も言わなかった。

「行くぞ」

「そぎゃんこた言わんでもよか、自動でついていくと。そうが本能たい」

「本能、ね。ああ、そうか、ゲームシステムと言えないからそう呼んでいるのか」

GENZは歩きながら言った。目はもう、村の外に向いている。私に対して恋愛フラグを二つも立てさせたくせに、こっちの方など見もしない。どんな変態なんだろう。

他のプレイヤーのことはよく知らないけど、普通はもう少し、意識したり、緊張したり、いい気になったりするんじゃなかろうか。

やっぱり変態か。変態。変態。エリスは変態の仲間になりました。あれ、涙が止まらない。

「なんで泣いているんだ」

「酷《ひど》い扱いで……」

私の言葉でGENZは振り返った。物凄く不当そうな顔をしていた。

「そうは言っても俺も仕事でな」

「モンスター・ウォッチャーと？」

「ああ。そうだ」

「そぎゃん職業、なか」

「まあ、ゲームじゃな」

ここはゲームですがなにか？　私が不当そうな顔を見せると、GENZはふと笑った。なぜ笑ったかわからない。

「何故そこで笑うんですか」

「エリスと話すと退屈しない。だがまあ、俺の専門は生物学で、しかも今、仕事中だ。あんまり話せないのは許してほしい」

なるほど。納得できる話だ。だが私は怒った。

「なぜそこで怒る」

「なんか悔しか」
「なんかって」

南の砂漠

メンフィスにいたのはコノマと話した時間を除くと買い物する間だけ。それが終わるとすぐ、村の外に出た。短い滞在時間だった。これじゃまるでプレイヤーだと思ったが、今の私はその仲間なのだった。

風で砂が揺れているように見える。実際には砂のブロックは微動だにしていないのだが、見た目にはそう見える。私にとっての砂漠とは、そういうものだ。

それでも風も感じるし、風の中には砂も混じっている。他の世界を感じられるわけでもないし、これで十分というところ。

本格的に調べるとかで、私とGENZは再びあの砂岩の道に降りることになった。村の横に通る、サンドチクワの通過跡。

この道に気づかず、落下したのが遠い昔のように思える。あれで恋に落ちたと思えばドラマチックな話なのだが、実際は、チクワマニアの仲間になった。

詐欺を疑っていいレベルだ。

私の気持ちを無視して、GENZはいい笑顔で砂岩を滑り降りた。

私も、続く。今の私はスカートの下にスパッツをはいているので滑り降りても安心だ。でも、あまり魅力的ではないような気がする。いや、でも服はGENZが選んだのだから、この砂漠色の服も彼の趣味かもしれない。だとしたら、やっぱり変態だ。罵《ののし》りたい。髪が砂だらけだ。私は髪を櫛で梳《と》かしながらGENZを見た。

「髪型の自由変更許可ばはいよ」

「はい。以後許可」

仲間とは、ていのいい奴隷だと、こういうときにも再確認する。格好の変更だって許可を貰わないとできない。ああ、でも以後許可と言ってもらえたのは良かった。少なくとも髪型については自由にできる。言えばなんでも自由にさせてもらえるかもしれない。

こんな格好でも可愛らしく見えるよう、髪を三つ編みにしてリボンで結びなおして、私はGENZの顔を覗き見た。ところがあの変態は、こっちを見ようともせずに優しい顔で空を飛ぶアローバードを見ていた。

よくもまあ、あんな価値もないものを、飽きもせず。恋愛フラグを二つも立てさせたくせに、私には興味などないかのよう。PvPしたい、いや、フレンドリーファイアという手もあるか。睨んでも効かないので、もはや攻撃しかない。あ、言葉もあったか。

横を見て、変態め、とつぶやく。まだ反応はない。

しばらくたって不意に恋愛フラグの音がして私は顔を手で覆った。私は私の恋愛感情がわからない。なんでそこでフラグ立つの。チョロい、エリス、チョロい。

「今のは何が原因だったんだ」

GENZが口の端を不思議そうに歪めて言った。私は顔を手で覆ったまま崩れ落ちた。

「そぎゃんとはわからん。いっそ死にたか」

「最近の恋愛ゲームはよくわからんな」

「うちだってそうよわからん！　もう半分まできとる……」

「そうよってなんだ、いや。ちなみに全部フラグ立ったらどうなるんだ」

私は横になった。いや、倒れた。

「そぎゃん風にはなりたくなか」

「まあ、ああ、うん。なるべくそうなる前に北の街で解放するから」

GENZは気を遣っている風。でも、こちらを一瞬たりとも見たりはしていない。目は別のものを見ている。見ているのは相変わらずアローバードだった。変態め、変態め。

砂に汚れた顔をあげてGENZを睨む。

「アローバードの何ば見とっと」

「アローバードには未《いま》だ謎が多くてな」

「ろくな素材も取れんとに？」

GENZはようやく目を離してこっちを見た。

「まあ、ゲーム的にはな」

「ゲームでゲーム的な価値を追求せんでどぎゃんすっとね」

私の言葉は、GENZのお気には召さなかったらしい。微笑と苦笑が混じったような顔をしている。

「役に立つ、立たないか。いや、そういうものの見方でいたら、世の中のたいていのことは面白くなくなるんじゃないか」

そうかしら。反論があるわけでもないが、反抗したい。例えば恋愛は？ そう言おうと熊本弁生成エンジンにかけようとして、動作がフリーズした。いや、それは、それではまるで、こっちにいらっしゃいと言わんばかりだ。

あわてて左右を見る。変な音は、なし。

セーフ、セーフ。

「どうした？」

自分がチョロい女だとは思われたくなかった。それで必死に言い訳を考えた。

まずい。おのれ恋愛フラグ、おのれゲームシステム。なぜか物知りなGENZに惹かれている。

「役に立つ、立たんだけで見ても世の中は楽しかと」

「世の〝外〟はもっと楽しいかも」

「そぎゃんとは、屁理屈たい。例えばコノマが大好きなお金儲けばみなっせ。プレイヤーはそうよう好きかろ?」

「プレイヤーは皆好きだろうって、まあそうだな。好きかもしれない。だがお金儲けだけが人生じゃつまらないだろう。他のどんなものもそうだ。それだけじゃつまらない。いつだって〝外〟には、面白いものがある。そう思うから調査する。実験する、討議する。違うか」

GENZの声が内容にかかわらず甘く聞こえる。最悪だ。大好きだ。でもこの好きという気持ちは私のものではない。フラグによるものだ。だから私はチョロくない。心を強くして目を細めた。目線をずらして横を見た。

「〝外〟ね。そう、あたが好きな生き物の〝外〟にも色々おるばい」

「例えば?」

例えばうち、とか。そう言いかけ、エリスは顔を手で隠した。音は鳴らなかった。でも恥ずかしい。顔を見られるのはステータス画面を覗かれるのと同じくらいに恥ずかしい。

「そらわからんばってん、あたは視野が狭か。広とらなん」

「広くね……」

GENZが優しい目で私を見ている。恥ずかしい。恥ずかしすぎる。なんでそんな目で私を見るんだろう。変態だ。この行為は、変態行為と見なす。

ＰｖＰ出来ないので、殴る真似をした。必死にやった。涙目でやった。

「こん変態！」

「いやおかしいだろ、それ」

「お、おかしくはなか」

「おかしい」

「おかしくなか。性格上の誤差範囲たい」

そうなのかぁと、ＧＥＮＺはしかめ面。よくわかってない顔。首まで捻っている。

「最近のツンデレは難しい」

好きな人に個別識別されずにタイプ判別されるのはひどく悲しく、傷つくものだった。

私は迫真の演技で攻撃の真似。ＧＥＮＺが本気で避けるほど。キック、回し蹴り、そこから肩の体当たりでパンチ。

「あ、職業格闘家だったんだな」

私は袖をまくりあげて見せた。

「こぎゃん細腕の格闘家がおるか！」

実際格闘家だったのだが、そう言った。なんでそんな職業になってしまったんだろう。

どうせなるなら、料理人か裁縫職人が良かった。

「いやまあ、ゲームじゃ一杯いるんだがな」

そうだっけ？　自身としては割とたくさんの知識を格納されているつもりなのだが、ゲーム内のことでも知らないことはある。困ったものだ。またもゲームシステムの理不尽だ。GENZは私の腕から己の目を逸らした。実はずっと見ていた、とか。そんなわけはないか。

そのままそそくさと距離を取り、またアローバードを見ている。

また価値がないものを、と思うのだが、先ほどの話で言えば、価値の〝外〟があってそこには面白さがあるらしい。

本当かしら。少し考え、双眼鏡でアローバードを覗きながら、そろりそろりとGENZの横に立った。

それについては何も言わず、解説をはじめるGENZ。

「アローバードはゲームの外で言うジェットエンジンのようなものだ。生きたジェットエンジンだな。大気を吸い込んで、燃焼して後方から噴き出す。コンパクトにするための構造や、吸気から栄養を分離するあたりの構造、単純ながらも十分な姿勢制御機構、どれも見事なものだ。ゲームの外側に同じような生き物はいない。我々が初めて見つけた我々とは別の生物の体系って奴だな」

ゲームの〝外〟では、そんなに凄いものなのかな、とエリスは首を捻った。

「アローバードはプレイヤーが作ったんじゃなかと？」

「まさか。あんな複雑で繊細なものを作れる訳がない。そもそも回転機構つきの生き物なんて思いつきもしないだろう」

「回転機構?」

「アローバードには一つ、サンドチクワやフォレストチクワには左右で二つ、空気流入孔の中に回転翼がある。吸気羽だな。それを回して空気や砂を吸い込むんだ」

そういえば、アローバードの口の中には羽があった。なるほど。面白いかもしれない。

「まあ、仮に思いついたにしたって、実際やるとなれば手間と暇がかかりすぎる。たとえゲームの中でもだ。いや、ゲームのほうが難しいかもしれない。そうだな。コンセプトもお手本もあるという前提で、ゲーム用の3DCADを開発して作りだしたとして一〇〇人で二、三年はかかる。それでいてエリスの言うとおり、あれにゲーム的な価値はない。マップの端から端までまっすぐ渡るだけの生き物だ」

話を聞くうちに基本的なことがわからなくなってきた。コノマから聞いた限りの話を総合すると、ゲーム自体はどうやらプレイヤーが作ったものらしいのだが。

ところが、アローバードは違うという。

プレイヤーが作ったものでなければどうやったというのだろう。村人にそんな機能や能力はない。

「じゃあ、誰が作ったと?」

私の疑問に、GENZは微笑んで答えた。

「誰も。強いて言えば、自分自身だ」

余計にわからない。GENZは、さらに言葉を続けた。

「進化という奴だ。セルフ・クラフト・ワールド……つまりこのゲームには生命の進化を許容するプログラムがある」

「進化て、レベルアップのこと？」

「いや、生き物が世代を重ねて別の生き物に変わっていくことだ」

「ああ、転職のことね」

「まあ、うん。そうだな」

自分の意志で転職しているとすれば、あのアローバードは村人や仲間などより余程自由ということになる。それどころかGENZの説明からするとプレイヤーより自由で高度らしい。

安い素材しか落とさないのに？

ゲームでの価値はドロップアイテム、落とす素材で決まる。私はずっとそう思って生きていた。プレイヤーや私たちだって、死ねば何かを落とすものだ。当然強いもの、偉大なものほど偉大なものをドロップする。それがゲームの普遍的な価値観というものだ。

それが、違うという。

そこだけがひどく引っかかるが、まあ、うなずいた。嘘をつく意味があるとも思えないし、そういう凄いものならば、GENZがあそこまで見ようとするのもわかる。

しかし、色々不自由で困っているNPCが進化する、進化したいと思って努力するのならわかるが、なんでアローバードが進化するのかはわからなかった。アローバードなどプレイヤーだって無視する存在だ。しげしげと飽きずに眺めるようなプレイヤーなど、GENZしか存在しない気がする。

贔屓《ひいき》、だろうか。いや、コノマの話にだって出てこないのだから、GENZは特殊だと、思う。

生き物は転職……いや、進化などせずとも、生きていけるし、そもそもそんな考えもないのではないか。

「なんで進化すっと?」

尋ねると、GENZは双眼鏡を外して微笑んだ。

「生き残るためだな。生き物は、生き残るために変わっていく」

「アローバードに敵はおらんたい。プレイヤーだって無視するし、村人だって素材収集せん」

「その〝外〟だってあるさ」

「あたの言うことはちっともわからん。うちば騙そうとしとる」

「騙してない。単なる事実だ」

　いいえ。少なくとも話題をずらそうとしているわと思っていたら、ＧＥＮＺは空を飛ぶ群れなすアローバードを指さした。

「どんな生き物も、明日を生きるために存在する。当たり前の話だな。生きてなければ死んでいるし、生きなければ、今日にすることもない。世界はいつも、明日を生き残った生き物のためのものだ。だから、今日にする全部の生き物は明日を生きるために存在するし、明日を生き残るために工夫し、明日を生き残るための戦略を構築、採用している。その中で起きる変化を進化という」

　難しく言っているが、当たり前のことだ。世界は生き残った生き物のためのもの。死んだらそれまで。

　でも。エリスは思う。

「恋愛は？」

「え？」

「恋愛は生きるためのもの？」

「生物学として答えるなら、本来は明日を生きるためのものだな」

　ＧＥＮＺはそう言うが、それは違うと思う。明日の事なんか考えられないし、戦略なんかまったくない。

「明日は遠か」

横を見てそういうと、ＧＥＮＺは双眼鏡をのぞいたまま顔を赤くした。

微妙な沈黙。ＧＥＮＺの言葉を考える。

世界は生き残った生き物のもの。でもプレイヤーはどうなんだろう。プレイヤーは死なない。だってゲームだから。ゲームシステムがそう決めているから。目の前のＧＥＮＺだって不死だ。プレイヤーは生き物でないのか。実にありそうな話だ。

私は自分を生き物だと思う。ＧＥＮＺも自分の事を生き物と思っているのではないか。だからＧＥＮＺの言うことは、少しおかしい。

その旨を反論すると、ＧＥＮＺは嫌な顔もせずに頷いた。むしろ、楽しそう。いや、大歓迎の構え。

「プレイヤーだって死ぬよ。実際コノマは死んでいる。ゲームの外でな」

なるほど。私たちから見れば途方もない時間がかかるかもしれないけれど、それでも一応は死ぬのか。でも、それでも圧倒的な長寿だ。もちろんいいことばかりではないんだろう。長寿すぎて歪んで、ＧＥＮＺは変態になってしまったに違いない。

ともあれ、プレイヤーも生き物だから進化するのか。

対して、私たちはどうだろう。

ＮＰＣは定期的に死ぬようになっている。仲間はともかく、村人はそのうち死ぬ。そして新しく巣穴から出てくる。時間はひと月程度だった。すべてがプレイヤーのために存在するゲームにおいて、NPCは何らかの、プレイヤーのために役立つ存在として生産されている。ところが時間が経つと、これがおかしくなっていく。例えば本能であるはずの道案内で嘘をつく。特定の人と仲良くなりすぎる。食事を多くとって太りすぎるなどだ。それではプレイヤーの役に立たないと、定期的に削除され、入れ替わるようになっている。

最初から考えたり学習したりしないものを置けばいいとも思うのだが、なぜかそうなってはいない。おそらく短期的にはものを覚えていった方がプレイヤーにとっていいことなのだろう。

私はGENZを見た。ふいに世界の真理に触れた気がした。

「あたの言うことは間違っとる。生き物は生きるために存在はしとらんばい。プレイヤーのために存在しとっと」

GENZは私を見た。双眼鏡を外して初めて私を見た。表情も瞳孔の揺れも複雑すぎて、彼が何を考えているのかは読み取れなかった。

「いや、どんな生き物も自分たちが生き残るために存在する。例外はない」

「ゲームでも？」

「ゲームの中の生き物でも。G‐LIFEは生き物としての条件を全部満たしている」

〝G‐LIFEは〟

エリスは言葉の前提を考える。

「G‐LIFEってなんね」

「サンドチクワやアローバード。まあ、今ゲームで見られる多種多様のモンスターたちだ」

私たちは、モンスターではない。だから、G‐LIFEではない。となれば、結論として私たちNPCは、生き物ではないということになる。あるいは生き物としての条件を全部は満たしていない。

思い返せば自分たちが生き物ではない証拠は沢山ある。ショックな話だ。

それで、不意に会話は途切れた。

しばらく待った後、GENZは優しく言った。

「生き物の進化についてはちょうどいい。あそこを見ろ」

双眼鏡で見る。不意に砂を割って、正確には砂ブロックに擬態していたそれが折り畳んでいた体を広げて次々と空に上がっていくのが見えた。

続々上空に上がる、黒い影。半透明の口と口の中の吸気羽を広げた、砂色の綺麗な猛獣、シュウノウトンボ。

広がった大きさは五ブロックほどにも及ぶ。

アローバードの親戚だが、五〇倍は大きい。大きいから遠くまで飛べない。それでどうやって空気中の餌を集めるのかというと、シュウノウトンボは口を大きくすることで、それに対処していた。これが戦略というやつだ。

シュウノウトンボが一斉に砂の中から飛び出して巨大な口をあけてアローバードを受け止め、食べている。アローバードは旋回が苦手だが速度が速いので捕まえるのは難しいのだが、逆に言えば、罠には非常に引っかかりやすい。シュウノウトンボは天然の、いや、生きる罠だった。この季節に人を襲うことはないが、季節外だと私たちも襲う時がある。

「折り紙みたいだろう」

折り紙はなにかわからないが、GENZは嬉しそう。ああ、やっぱり変態だ。まあでも、〝外〟でなくても気持ちはわかる。シュウノウトンボの素材は人気がある。驚くほど軽い吸気羽はガラス代わりとして人気だし、顎の筋肉は強い弓の材料になる。複眼も薬の材料になる。柔軟性の高い薄い皮は鎧にも使える。それなりに強いプレイヤーになら、お金が飛んでいるようにも見えるだろう。

コノマのお金に対する執着を思えば、嬉しそうなのもわかる。変態と罵れないのはまあ、少しは残念だけど。普通で良かったというべきね。

ところがGENZは双眼鏡で眺めるだけで何もしない。訂正、やっぱりこいつは変態だ。

「つまりは捕食関係だな。このシュウノウトンボに対してアローバードは生き残りをかけて進化してきている。近年では群れを大きく、移動期間を短く。そうやって飽和状態をつくるようになってきた。シュウノウトンボに食べられる以上に群れが大きくなれば一部は生き残るってわけだ。形は違えど、我々は進化をリアルタイムで初めて見ることができた」

モンスターがモンスターを食べる。それ自体はよくある光景だった。でも、その後ろの戦略や生き残りをかけた戦いの話は、確かに面白かった。

それでも私はチョロい女に見られぬよう、面白くなさそうに横を見ながら、自分の了見の狭さに呻いた。

とはいえ、それを認めるのは、余りに悔しい。気づけば口を開いて反論していた。

「だったら最初からそう言えばよかたい！　なんでそぎゃん難しか言い方すっとね！」

GENZの表情が、消えた。冷たい表情。

「簡単単純、わかりやすく言い換えれば細部が消失して全体は抽象化される。抽象化された次にはわかりやすい故の理屈の通らない転用が起きる。生物学が転用された先が社会運動だった日には、第二の社会的ダーウィニズムのはじまりだ。差別の理由、人を殺す理屈、そんなものに俺の生物学は手を貸すつもりはない。複雑なものは複雑なままでいいんだ。その知見にいたる苦労は無駄ではない」

「……うちのことが嫌いなんでしょ！」

「誰もそんなことは言っていない！」

睨み合う。最悪だ。最悪だった。ツンデレには辛い展開だ。ご主人様の機嫌を損ねてしまった。そもそもツンデレは人に冷たくしたり罵倒するように出来ているのに顔色を窺いながらそれをやるというのがもう矛盾している。

目を逸らした。かわいそうなエリス。プレイヤーなんかに目をつけられたばっかりに嫌な気分ばかり。死ぬことすらできない。

捕食が終わるとシュウノウトンボはどこかに飛んでいってしまった。同じところで待っていればいいものを、移動するのがちょっと不思議だった。これも戦略なのだろうか。

食べ残されて、あるいはぶつかって砕けたアローバードを、今度はどこからともなく集まってきたサンボンが食べている。文字通りの三本足。四本目は交代で常に空中にある。砂は熱いから常にそうしていると、村人の間では言われている。

サンボンは村と同じくモザイク状の模様を持っている。色は、砂漠の色と同じ。村のすぐ近くのここでは白っぽい色をしている。手乗りするぐらいの大きさで、一番大きなものでも一〇センチブロックを超えたりはしない。周辺を見張るためなのか、それともこちらを心配しているのか、常に首をかしげている。

小さなサンボンを見るのはいじけている私にはぴったりの仕事だ。

膝を抱いて座っていると泣きたくなる。好きな人に嫌われるのはとても悲しい。

離れたＧＥＮＺが激しく悶《もだ》えたり頭を掻いたり、表情をめまぐるしく変えたりしている。

あげく、走ってきた。

「年寄りにそういう若い感情をぶつけるもんじゃない」

GENZの見た目はそんなに古くない。私には意味がわからない。GENZは呻いた後、さらに言葉を口にした。

「悪かった。たとえAIでも興味のないことは聞いてくれないことを忘れていた」

「若いって何？　年寄りって何？　AIって何？　もうなんもわからん。うち生産五日目の村人あがりだもん」

GENZは苦しんだ後、肩を落とした。

「……わかった。単刀直入に言う。エリスのことは嫌いではない」

「どぎゃんでんよかってこと？」

「どうでもいいってこと、ときいているのか」

GENZの質問に私は大きく頷いた。

「どうでも良くない相手に講義したりはしない。難しいことが聞きたくないならもう二度と話さない。その双眼鏡も捨てていい」

そう言ってGENZは傍から離れた。

捨てられた。

大泣きした。感情がうまく制御できない。胸が大きく揺れている。涙がぼろぼろ落ちてくる。GENZが矢でも受けたようなポーズをして、また戻ってきた。

「だから独居老人に何をしろっていうんだ。鬼か、最近のゲームは鬼仕様なのか。血圧上がったらどうする、最悪孤独死だぞ。いいか、俺に学問以外を期待するな。ゲームは長年やっているし、若いときはそりゃ鳴らしたもんだが今は目が霞む上に反射神経も鈍って……つまりすまんかった。泣きやんでくれ」

私はGENZを見あげた。両手を掲げた。GENZはエリスを抱き上げた。

「これで音は鳴らないのか。これだから最近のゲームは」

そういうのは今はどうでもいいからと、GENZの首元に抱きついた。どうやら嫌われてないらしいと、やっと理解できた気がした。

恥ずかしいのか、GENZは早口にサンボンの解説をした。

「足や背骨がある生き物は、基本的にプレイヤー由来の生き物だ。サンボンもそうだな。元々はプレイヤーが作り上げたモンスターだ」

「プレイヤーは生き物を作れると？」

「それらしいのは。ところがそのうち、生き物になった」

そんな話はどうでもいい気がする。GENZはもっと、別の話をすべき。

それで首を絞めあげていたら、足下のサンボンが四本足で逃げていった。

「あれ、エリスだ」

呼びかけられて顔をあげる。GENZが慌てて私を下ろそうとするが、嫌がってしがみついた。私を恥ずかしいものとでも思っているんだろうか。

GENZがあきらめた。私は勝利に胸を張った。

「皆どうしたの?」

村人たちがツルハシを持って次々と砂岩の道の上に降りてくる。そういえば、村のそばからほとんど動いていなかったのを思い出した。

村人の一人、普段はプレイヤーに周辺の天気の話をする役の男の子が不思議そうに口を開いた。

「村の工事だよ。素材がすぐ近くに出来たっていうんで、取りに来たんだ」

そしてツルハシを使って砂岩ブロックを掘り始めた。

GENZがなるほどと言った。

「建物の素材を気にしていないと思ったが、そうでもなかったんだな」

「気にしとらん。ほんとて」

「いやしかし、実際掘り出しているしな」

エリスはそんなことないと思ったが、黙った。目の前で起きていることを否定は出来ない。

「ほんとて」

「わかった、わかった。だが俺の専門外だ。何が正しい挙動かはわからんし、正否も判断出来ない。そもそもこのゲームで村人の挙動についてなんて、専門家がいるのかどうかすらわからん」

「ゲームの生き物の専門家はおるとに？」

「まあ、金になるからな」

ＧＥＮＺはそう言って、砂岩を掘る村人を避けた。

「ろくな素材が落ちとらんのに？」

エリスはＧＥＮＺの首に腕を回したまま質問した。ＧＥＮＺはどう答えようか考えている。

「それは……まあ、やめよう。また泣かせたくない」

こう村人がいては生き物の観察も出来ないとＧＥＮＺは動くことにしたようだ。村人たちから離れ、瞬く間にはがされ消えていく砂岩の道を見守る。

「しかし、俺が娘さん一人抱き上げていても誰も何も言わないんだな」

「なんで言わんといかんと？」

ＧＥＮＺは目を白黒させた。

「そりゃ……まあ、ゲームではそうなのかな」

「プレイヤーがよくさらっていくたい」

「NPCをさらっていってどうするんだ」

「仲間にすっと」

「……そりゃもう仲間じゃないな」

私はどうなんだろう。ともあれ、はじめてやってみてわかったのだが、GENZの首に腕を回しているのはひどく楽しい。三本も立っている恋愛フラグのせいかもしれない。

そういえば三本で思い出した。

「さっき、サンボンが四本足で走っとった」

「ほんとか！」

さすが変態。GENZは勢い良く私を放り投げて叫んだ。

「走れ！」

「え、え⁉」

村人も作業をやめて注目した瞬間、エリスの足下が揺れた。鋭い歯の生えた大きな口が砂の上に浮かび上がる。罠のように閉じられる。

痛みを覚えるより早くGENZが腕を引っ張っていた。またも抱き上げられて走る。いや、走るのはGENZだ。私は自分の脚が無事だったことをようやく認識した。

NPCやプレイヤーの目《カメラ》は、一般には注目度というパラメータで視線制御されている。より高い注目度を持つものを見て、それを追尾するように作られている。男性の場合はひらひらしたものや胸の動きが高い注目度を持っている。GENZみたいに手動で目を動かしている人は珍しい。

私も手動に切り替えればよかったと思った。悲鳴に設定された注目度につられて眼球が動き、見たくもない光景が見えてしまっている。

村人の多くが、砂の上に出現した大口に噛みつかれて脚を切断されてのたうち回っている。

助けようとGENZに言う間もなく、再度地面に口が現れて最終的な解決をした。すなわち再度食いちぎった。今度は村人たちの全身が食いちぎられた。

エリスの目を、走るGENZが隠す。

GENZは一人抱えているにしては信じられない速度で走ったが、砂上の口はそれより速い。あるいはどこの砂の上にもいた。GENZは跳躍。避けた。

そのまま、サンドチクワの作った砂の壁に抱きつくように着地。砂が目に入るのを嫌がるような顔でままよと再び飛んだ。砂岩の上に着地する。周囲を見る。

威嚇するように砂の上の口が歯を鳴らしている。エリスが叫びそうになるのをGENZは押さえた。じっと観察。しかるのちにゆっくり立ち上がった。

「もう安全のようだ」

「どこが！」

道の外では砂上の大口がうようよしている。下ろされたエリスはすぐにＧＥＮＺに抱きついた。怖いから抱きついたのであって他意はない。他意はないんだからね。

上を見る。音は鳴らない。セーフ。セーフ。生死の境でもチョロい女とは思われたくはない。まあ、でも、自分を助けた手腕について熊本弁で言うところのちびっと凄いなとは思った。ちびっとよ。ちびっと。ほんとちょっとだけ。

ＧＥＮＺは砂上の大口に目を奪われている。観察しながら口を開いた。

「エリスが、サンボンが四本と言って助かった。サンボンは弱い分、危機感知能力が異様に高い。砂漠ではサンボンに従う限り、だいたいは安全なんだ」

知らなかった。ＧＥＮＺは砂上の大口を見ている。残酷なことに、大口は何度も何度も死体を食いちぎり、小さく小さくしていた。

思わず目を逸らしそうになったが、違和感に気づいてまた見てしまった。

口に見えたが、口ではない。いや、口しかない。喉も本体もない。あるのは紐のような唇と、唇に直接生えた白い歯だけ。もう一度見る。白い歯に見えたそれは、三角形の刃物のような殻か、何かだ。サンドチクワの殻に似た質感だ。

「輪ゴムに刃がついたような生き物だな。厚みがあまりない。そうか歯を横に寝かせればほとんど目立たない。砂の中を潜っているのかと思っていたが、砂の上を滑っていたのか」

それにしても、本当に大丈夫なんだろうか。

抱きついてGENZの服を握ったら、頭を撫でられた。

「あれは岩の上では動けない。そういうものらしい」

「初めてみた。なんて名前だいろ」

「俺も初めて見た。新種だ。この砂漠に来てよかった」

「人一杯死んどるばい」

実際村人の多くが死んでいる。一六かそこらは死んだと思う。

「ああ、いや。そうなんだが」

GENZは抱きつかれたまま頭を下げた。

「すまん。今の発言は軽率だった。申し訳ない」

心から謝っている風。プレイヤーは、自分たちの生死も含めてあまり頓着しない傾向があるから、このGENZの反応は、想定外ともいえた。

ああ、人間的なところもあるんだ、というのが正直なところ。ちょっと嬉しい。

でも、それでももう少し、私たちの死にも配慮して欲しい。そうすれば、私が死んだときも、悲しんでくれそうだから。

GENZから離れ、横を見て、口を開く。

「うったちにも心はあっと。気をつけなっせ」

んだ。

「すまない」

頭を下げた後、GENZは道の上に座り込んだ。砂の上の口を眺めている。エリスは右を見て、左を見て、確かに襲ってこなさそうだと思った後、自分もちょこんと横に座り込んだ。

再度抱きつきたい。いや、でも、あれは緊急避難なんだからねと自身の制止の声が聞こえてくる気がする。それにチョロい女とは思われたくない。

それでそわそわしていたら、GENZは砂の上の口を見ながら食事をしていた。

さっき気をつけろと言ったそばから、これだ。

「よおこぎゃんときに食わす」

「よくこんな時に食べる?」

エリスが頷くと、GENZは二個めのパンをかじりながら口を開いた。

「さっきのダッシュで満腹度が一気に下がってな。そっちだって……ああ、いや、そうか。ああいうことがあったんだからそうか。当然だな」

GENZはそれでも食事を続けた。

「またダッシュしないとも限らない」

言い訳のようにそう言って、恥ずかしそうに私を見た。

「こっちは腹が減ったから補給するだけなんだが、そっちは食べる気なんかしないよな」

俺の方が人間らしくないと当たり前のことを呟いて、ＧＥＮＺは食事を終えた。

「最近のＡＩはよくできている」

「プレイヤーもよくなったら？」

エリスがそう言ったら、ＧＥＮＺは苦笑してまったくだと言った。

まだ周囲の砂の上を滑っている大口を見る。よく見ると見えてくるものもあるもので、例えばこの口は急な斜面では行動できないようだ。なるほど、一旦砂の壁に向かって跳躍したＧＥＮＺは、正しい判断をしていたのだと思った。

それにしても僅かな時間で、よくそんなことに気づいた。

そう言うとＧＥＮＺは苦笑。砂の上にパンを投げつけながら、口を開いた。

「実のところ、勘というか、とにかく足下から離れたかっただけで、ほかじゃない。あとはサンボンさまさまだな」

少し考え、また口を開いた。

「シュウノウトンボが狩りの後飛んでいったのも、こいつらのせいかもしれない」

シュウノウトンボと言えば、砂漠では猛獣だ。村人やプレイヤーを襲う時もある。それより強いのかと、エリスは道の外を見た。

村人が一瞬で殺されるくらいだから、そうか。

とはいえ、こういう道の上への対処ができるのなら、あまり怖がらないでいいのかもしれない。知ってさえいれば、どうにかなる。

GENZもそんな風に思っているようだ。緊張が解けている。

「しかし、面白い生き物だ。輪になったサイズでも二メートル以上と大きくもある。なんでこれまで気づかなかったんだ。それとも新たに進化したのか。不可侵領域が進化の聖域になっているのか」

不可侵領域はプレイヤーが入れない、ゲームの外側だ。モンスターはそこを自由に行き来している。村人もよく不可侵領域へ行く。自殺のためだ。戻って来たものはない。不可侵領域には村人の天国があるという教えの宗教もあるが、そちらはあまり支持を集めていない。

「プレイヤーはなんで不可侵領域を作ったと？」

「プレイヤーが作ったわけじゃないし、専門でもないが、そうだな。〝ゲームの外側〟を作った方が、よりそれらしくなるという判断からだろう。不可侵領域でも計算リソースをそれなり以上に使うんで、一時は税金の無駄とも言われていた。が。同じゲームシステムでも無駄を嫌って不可侵領域をおかなかった分裂中国じゃ、生き物がついぞ進化しなかった。プレイヤーがいない環境というのが、たぶんG‐LIFEの進化には必要なんだろう。そういう仮説が今主流になりつつある聖域仮説だな。とはいえ、各国ともこの仮説を証明するだけの余力はない。仮説を試すくらいなら、その分の計算リソースを費やして不可侵領域を広げているだろう」

「分裂中国と各国って？　ギルドのごたるもん？」

「ああ、そうだ」

ゲームにはたくさんのギルドという組織があって、たくさんのプレイヤーが所属して争ったり交易したり、和平したりしている。

聞いたことはないギルド名だが、そういうものか。

会話が途切れた。なんだかGENZに抱きつきたい。上を見る。音は鳴っていない。あれぇと思う。鳴ってもよさそうなのに。いや、チョロい女じゃないんだけどね。

GENZはまじまじと砂の上の口を見ている。

「輪になるのは捕食の時だけらしいな。移動するときはワイヤーみたいな生き物になっている」

砂の上を走る鋭いギザギザのついた細い紐状の生き物。それが砂の上の口の正体、らしい。チクワ類のように太くて短い生き物が多い中、異例の長さだという。移動するときは五ブロックを超える、とも。それが音もなく砂の上を滑って、獲物が来ると、歯を立てる。

「あの五センチメートルくらいの歯で小さく切り刻まないと食べることが出来ない性質なんだろうな。パンを食ってくれればわかるんだが」

ところが砂の上の口は、砂の上にドロップされたパンを無視。そうだよなあとGENZ

は言った。

「なんでそうだよなあね？」

「動いているルールが違うんだよ。プレイヤーや仲間、村人が動いている、空腹や装備、アイテム保持などのゲームらしいゲームの部分、つまりキャラクター制御システムと、G‐LIFEの進化や生活、食事などのブロックシミュレーションの部分はプログラム的にも大きく分離しているんだ」

元々よって立つ土台が違うから、G‐LIFEは死体は食べてもドロップアイテムには見向きもしないらしい。

これは単純に制作体制の都合、ブロックシミュレーションチームとゲーム作成チームに分かれて作って後で合体して作ったとかいうことらしいが、私にはそんなこと言われても、よくわからない。

私が黙っているのをいいことに、GENZはとめどなく喋り続ける。

「まあ、開発期間を短くするために並行作業したわけだが、ところが近年ではここが進化によってゲーム的な脆弱性《ぜいじゃく》になりつつあってな。具体的にはG‐LIFEの強さとドロップアイテムの相関性が崩れつつある」

「まーたわからんことばまくしたてとらす。そもそもG‐LIFEってなんね。生き物のことね」

だいぶ前に戻ったね、とはGENZの弁。

「ああ。その通り」

「それと、キャラクターって？」

「プレイヤーキャラクター《PC》とノンプレイヤーキャラクター《NPC》の総称だな。俗にはプレイヤーとNPC、と言う」

なるほど。広義の私たちというわけか。腕を組む。横のGENZを見る。

「じゃあ、うちたちはキャラクターというわけ？」

「ああ」

なるほど。初めて一緒の部分を見つけたと、ちょっと嬉しい。

「なんで笑ったんだ」

「笑《わろ》うとらん。この変態」

「なにが変態だ」

「人の顔ば見っとは変態たい」

「じゃあ、そっちも見るな」

私はむっとしたあと、GENZを睨んだ。GENZもこっちを見ている。両方一緒に顔を赤らめた瞬間に砂の上の口が動いた。二人して腰を浮かして様子を見る。まだ円になっていた個体の口がほどけて、線状になって去っていく。食事が終わって撤収したらしい。

形状的にはヘビのようだ、とはGENZの言葉。

「正式じゃないが、あれの名前をクチナワと呼ぼう」

「口縄。まあ、よかじゃなかと？」

不意に顔をそむけるGENZ。私は何が起きたのかわからぬまま、顔を覗き込もうとした。

「気にするな」

「なんばいいよっとね。あたは」

「何を言ってるんだと言っているのか？」

私は目を細めて大きく頷いた。

「そぎゃん。どぎゃんしたと？」

「……そうそう、どうしたの、か？　まあ、なんというか、自分が若くなった気がして嫌だ」

「あたはあたたい。どぎゃんもこぎゃんもなか」

「まあ、確かに。しかし、なんだって熊本弁なんだ」

「そぎゃんとはしらん。プレイヤーが決めたとじゃなかと？」

「プレイヤーじゃないな。まあでも、熊本弁もいい気がしてきた」

エリスとGENZは同時に上を見た。音は鳴っていない。

「うっくざれとらす」

「なんだそれは」

「壊れとる」

「いやいや」

遅れて音が鳴り出した。私はちょっと恥ずかしかったが、それだけだった。

村に戻る

それから、どれくらい経ったろう。ふたりは慎重に、そして遠回りに移動してメンフィスに戻った。

メンフィスは平常通り。村人の八割近くが死んだはずだが、すぐに巣穴から補充が出たようだった。

村の住民がほとんど入れ替わってしまっている。

GENZは気にかけてくれているが、それがよくわからなかった。だって、村人は日々入れ替わっている。具体的に死ぬところを見たのはショックだったが、村人の最期なんてあんなものだと、思う。自分だって過去同じ目にあっていた可能性がある。

ちぐはぐの素材で出来たモザイクの村を歩く。GENZはなおも私の様子を心配しながら、口を開いた。

「素材がなくて仕方なくこうなっているのかもしれないな。一応素材というか、建材を集めようとはしていたんだし」

「そぎゃんなるとかねえ。どーもそういう感じじゃなかったとばってん」

「意味はわからないが、なんとなく違和感があるのはわかった」

そういえば、コノマはどうしたのだろう。数日しか経っていないのにずいぶん顔を見ていないような気がする。

それで酒場に顔を出したら、コノマの姿はなかった。この時間にはいるはずなのに。

「コノマがおらんと」

「ああ、あの動く墓標というか元PC《プレイヤー》のNPCか。クチナワが襲ってきた時にはいなかったから生きているとは思うんだが」

そう言いながら、椅子に座る。またも食料を買い込み始める。

私も横に座った。最近は砂漠もいいなあと思ってしまっている。不毛な場所と知識としては知っているし、昼間は外に出ているだけでダメージを受けるけれど、実際はずっと、砂漠は自然豊かであるのに気づいた。ニクチクワにサンドチクワ、アローバードにホーンバード、シュウノウトンボにクチナワにムギ。あとサンボン。不毛というには、いろんな生き物がいる。

「いやいや、八種類どころか、大小合わせて一五〇を超える種類の生き物がいるぞ。この砂漠は今やゲーム屈指の豊かな自然環境になりつつある」

GENZはそう言って私の言葉を否定した。一五〇かぁ。メンフィスの村人の五倍くらいか。

「北の平原よりおると？」

「ああ、北の大森林より、東の海より、地下の大空洞より、もっとずっとな」

それは凄いことのような気がする。生まれた場所が豊かだと言われると、まるで自分がほめられているような気がして、少し笑顔になってしまった。

GENZも少し笑っている。酒場のドアが開く。目線が動く。

「なんだ。随分早く来てたんだな。よぉGENZぅ。心筋梗塞で死んでなかったか」

姿を見せたのは、肩に猫をのせ、眼鏡をかけた白髪の老人だった。白衣を着ているところから見て医者のよう。

「あたぼうよ。血圧の薬も毎日飲んでる。あと一〇年は俺は生きる」

GENZはそう言ってにやりと笑った。聞いたことのない喋り方。エリスは七秒考えた後、取られないようにGENZに抱きついた。

白髪の白衣が、眼鏡の奥の目を大きく見開いた。

「おっとなんだそりゃ、恋人か。GENZぅ、お前ついにトラウマ克服したのか」

「そんなものは知らん」

GENZは私を見たが、なにも言わずに頭をなでた。大丈夫と、言っているよう。

白衣の白髪で白白さんはプレイヤーらしく、椅子に座ろうともしない。私が見たところ、大層びっくりしていた。

「こりゃ驚いた。本当か。本当なんだな」

「黙れワサビ」

白白さんはワサビという名前らしい。この人もGENZと同じ仲間なのかしら。ワサビは感動している。

「そうか……いや、たとえ三次元でなくても俺は応援しているぞ、GENZ」

「だから、大学生のノリはやめろ。五〇年前じゃあるまいし」

「半世紀前だろうといいものはいいんだ。で、このお嬢さんの名前は?」

ワサビは白衣を揺らしてこちらを見た。

「うちはエリスたい」

「なんとぉ!」

名前でここまでのけぞる人ははじめてみた。私はこういう動作を知っている。オーバーリアクションだ。この人は言語仕様がアメリカになっているのかもしれない。

「そうか。そうだな、いい名前じゃないか」

ワサビは感動して、GENZの背を叩いた。GENZはおもしろくなさそう。

「俺がつけたんじゃない」

「じゃあ運命だな」

ワサビは肩に乗せた白黒でぶ猫を私の机の上に置いた。目を半眼にして行儀良く座っていると、とても偉そう。猫も気になるがGENZも気になって、なかなか大変だった。

「で。調査はどうだ。待ちきれないでやってたんだろ」

「ちょっとだけだ。まあ、でももう、現時点で相当スゴい。隔離政策は大成功だったかもしれん」

「そうか。そうだな。GENZの退官前最後の大仕事だったからな」

ワサビは机の上にいたでぶ猫を抱いて会話を聞いている私を見て、笑って口を開いた。

「こいつの現役最後の仕事がこのあたりの保護だったんだよ」

「やめろ、ワサビ。AIが混乱する」

別に混乱はしないと思ったが、GENZが私の心配をするのはおもしろい。いや、気分がいい。

それで、でぶ猫の背をなでながら私は静かに様子を観察した。ワサビがからかっている。

「お前最近のAIの性能なんか知らないだろ。今はスゴいんだぞ」

「いいから、いいから。調査。仕事の話」

GENZの照れ隠しは、かわいい。GENZもでぶ猫をなでた。にゃーと猫は言った。

「なんだよー。もっといじらせろよー」

「そんなこと言っていると、お前の昔の恋愛について奥方にばらすぞ」

ワサビは笑った。一層皺深くなった印象。

「もう時効だよ。なにもかも。まあでも、めでたい」

「いいから仕事の話をしろ。老人の話は繰り返しでいかん」

GENZは苦い顔。私は微笑んだ。猫とワサビも私を見て微笑んだ。

「同い年だろ。まったく。あー。スケジュールはメールで送っている通りだが、先行調査隊、本隊は今から二四時間後に到着。七二時間の広域調査を行う。各企業、大学の二次調査隊は先行調査隊の情報を基に投入の可否を判断する」

「前提として生態系にダメージは与えないようにすること」

GENZが付け足した。頷くワサビ。

「ちゃんと通達している。実質お前の許可する範囲で捕獲なども行われるだろう」

そこまで言った後、我慢できないで悪魔のような表情を浮かべるワサビ。

「しかし、ここで現地妻か……」

「内地にも妻はいない！」

GENZが立ち上がって言った。私は目を細めて、なるほど。他に敵はなし、と覚えた。

ワサビが苦笑している。

「知ってる知ってる。結婚してなければ離婚もしないよな。でまあ、俺とお前だけ六時間くらいは先にログインしているわけだが」

「いや、もう本隊だか先行調査隊は来てたぞ。一時間くらい前にすれ違った。無愛想な連中で、黒い布なんか頭にかぶっててな」

私は記憶を取り出して閲覧する。そういえばGENZとあいさつする直前に軽くフリーズしていた。でも、それより。

「一時間？　四日前でしょ」

私が指摘すると、GENZとワサビは同時に笑った。

「ああ、すまん。ゲームの一日はこっちの一五分なんだ」

ワサビの説明。そういえば、GENZもそんなことを言っていた気がする。

言った後で首をひねり、猫を見るワサビ。

「マスタード。問い合わせ。総務省の遠山さんに。本隊の状況」

「にゃー」

プレイヤーがお手伝いとしてゲームに持ち込んだ猫という生き物はとても賢い。私はびっくりして尻尾を振っているでぶ猫を見直した。猫は尻尾と耳が感電したかのように揺れた後、口を開けた。

「にゃあにゃあ、にゃあーにゃんにゃん」

「なんと！」

「猫語生成エンジンなんか使うな」

「いや、暗号としてこれ以上のものはなかなかない。大変だぞGENZ。本隊はまだログインしていない」

「時間的には昼休みで食事中ってところかな」

「おまえが教えていた大学はそうかもな。各企業は多分、目を血走らせて待機していると思う」

「どんな昼飯なんだ」

「真面目な話をしているんだ。GENZ」

猫は顔を洗っている。GENZはのんきな口調の割に、ひどく真剣そうだった。

「となると、さっきすれ違った連中は不正アクセスしてたのか」

「国益に対する重大な攻撃だぞ。存立危機事態になりかねん」

ワサビは深刻そう。

「まったくだ。すぐ遠山課長に連絡してくれ。不正アクセス対処、防御を要請。それと、一応PvP装備の部隊を」

「わかった」

ワサビがエリスからでぶ猫を受け取ってにゃあにゃあと喋りだした。これ以上真剣な顔もなかなかない、というほど。

「窓を開けるスケジュールを抜かれていたな」

「お前の端末から情報を抜かれた可能性は？」

「なしだ。俺の端末はオンラインで政府が監視している」

「ソーシャルハッキングは？　付箋やメモ帳に記録を書いていたんじゃないか」

「それもない。そっちはどうだ」

「お前以上に厳しい。こっちがアクセスしている場所は内閣府の情報センターだ」

ワサビの言葉に、GENZは苦々しい顔をしている。

「どうした。GENZ」

「歳は取りたくないな。緊張感が足りていなかった。すれ違ったとき、誰何《すいか》しておくべきだった」

「どこから情報を抜いたにしても、相当な手練《てだれ》、ということになるな」

ワサビのため息。

「いや、歳のせいじゃなくて、女か」

GENZは苦々しく呟いた後、立ち上がった。

「とりあえず偵察してくる」

窓とはなんだろうと思いながら、私も立ち上がった。GENZはそれを手で制した。GENZの顔の前にメニューが開いている。

私は唐突に動作停止。コマンド、「仲間と別れる」。そのままGENZは酒場を出ていった。

追跡と対決

停止が解けた瞬間、言いようのない気持ち悪さに襲われた。内臓がぐちゃぐちゃになるような気分。頭痛ではなく腹痛なのが、変。

眼球を動かし、最後のシーンを思い出す。過ぎ去ったこととは思えず、声を上げそうになる。それすら実際にできているわけではない。熊本弁生成エンジンがダウンしている。全部の機能が動き出すのに、もう数秒かかった。

白黒のでぶ猫を肩に乗せたワサビが、心配そうに見ている。

「大丈夫かね」

「……腹がばちくりがえしそう」

エリスが言うと、猫が心配そうににゃあと言った。

「横になった方がいい……というのは現実の話か。人間ならお任せだがＡＩは専門じゃないんだ」

その言い方、誰かに似ていると思ってエリスは強烈な眠気を覚えた。記憶が一瞬混濁する。すぐに何もかもどうでもよくなる。すっきりした気分。

「うちは格闘家のエリスたい。レベルは二。キック、パンチで役に立つばーい」

「さっき自己紹介したろう。ワサビだよ。こっちはマスタード」

猫がにゃーんと言った。エリスは頷いた。視界の端に、虫が飛んでいる。小さな、刺す虫。

「ああ、もちろん覚えとったたい」

「良かった。GENZがいきなり君を置いていくから驚いた」

「GENZ……?」

瞳孔が限界まで開いて戻らなくなる。気持ちが悪い。今、虫に首の後ろを刺された。

「ぐあ、個人情報保護か。オーナーが変わると記憶にリセット掛かるのか」

ワサビが慌てている。

「なんばいいよっとか全然わからん」

そう答えて、私は卒倒した。身体が意志に反して痙攣《けいれん》を起こしている。

ワサビが腕をとったり目を無理矢理見開かせてのぞき込んでいるのが見えたが、それどころではない。盆の窪が痛い。盆の窪は熊本弁だ。熊本弁生成エンジンが先に動作して思考が追随している。正しくは首の後ろが痛い、いや、かゆか。

「脈もとれんし瞳孔も確認できない！　うぉぉ、医者失格か俺は。落ち着けー！　俺落ち着けー！」

「聞いたこともない症例が！」

「そら熊本弁たい。イライラすっていいよっと、ここは辺境だけん、言葉はあきらめなっせ」

首の痛みとともにGENZのことを思い出し、私はメニューを開いて自身の恋愛フラグを確認した。四本あったフラグは綺麗さっぱり跡形もなくなっている。

フラグ、折れた。

そうよね、仲間から外されたんだからそうなるよね。

ばってん、ひん悲しか。

熊本弁生成エンジンが思考部分にも影響を与えている。変な気分。ロジック序列がおかしい。熊本弁で思考が動いている。そしてとても悲しい。GENZは私を捨てたんだ。

「ぶりやられた」

「寒鰤《かんぶり》？」

「とつけみにゃあことばいいよらす。捨てられたといいよっとたい」

ワサビは理解するのに少し掛かっている。猫語はわかるのに熊本弁はわからないらしい。

「捨てたつもりはないと思う。たぶん、君の身の安全を優先するために一旦解除したんだと思う。多分、だが」

「頭ん毛のうずく」

「ＧＥＮＺ……チクワマニア」

「思い出したのか!!」

ワサビはびっくり。

悪い人ではないのだけれど、ワサビはわずらしか人だった。なんとか立ち上がる。まだ視界が揺れる。

「行かなん」

「どこに？」

「ＧＥＮＺ、あん人のところ。おめく、うっくざす、腹あせぐる……殴る、蹴る、ＰｖＰする……」

やっぱり熊本弁生成エンジンが先に動いて論理部分が後から動いている。でも、それ以外の不具合はない。ゲームシステムも異常を検知していない。ならいい。問題はない。今はただ、さしよりごてーどんばＰｖＰせんといかん。

「ああ、うん。言っていることは半分もわからないけれどＧＥＮＺは確かにひどい奴だからな。それは仕方ない。でも信じてくれ、そんなに悪い奴じゃないんだ。半世紀だからそっちの時間で四八〇〇年友達づきあいした僕だから言えると思うんだが」

涙が落ちた。エリスはチョロい女じゃなかとよ。

猫が口を開けて怒っている。ワサビが覚悟を決めた顔をした。

「悪かった。僕が悪かった。やっぱりGENZは女の敵だ。よし、殺そう。何、血圧上げてやればすぐ脳溢血《のういっけつ》だ。完全犯罪いける」

「殺さないで」

「あ、はい」

よろける脚で酒場を出る。どれくらいの間動作停止していたんだろう。そんなに時間は経っていないはず。

なんであんなひどいことするの？　仲間なんてそんなもの？　エリスはそんなもの？

足下ででぶ猫がにゃーと言っている。ようやく思考がはっきりしてくる。思考部分の順序の乱れも戻っている。

「外に出るのはいいが、もう少し考えたほうがいいんじゃないか」

「あん人はどこね」

ワサビなら知っているだろう。推論は間違っていないようだった。ワサビはメニューを開きながら口を開いた。

「行くのはいいが、危ないかもしれない」

「あん人が？」

「いや、君が」

私は無視してメニューを開いた。髪型を変える。動きの邪魔にならないように大きく編む。

「うちのことはよか」

ワサビはため息。

「運命だな。わかった。僕が案内しよう」

「運命ってなんね」

「君から見れば気が遠くなるくらいの昔にいた、GENZの恋人がエリスという名前だったんだよ。やっぱりゲームのキャラだったんだけどね。あいつそれで失恋してから、現実でも結婚できていない」

そんな理由で私を好きになったのなら嫌だなあ。そう思っていたら、ワサビは年寄りの笑いをした。大笑いでもない、バカにした笑いでもない。でも深い、そんな笑い。

「偶然に意味を見いだしたがるのが人間の本質だよ」

自分が人間のようなことを言う。あたはプレイヤーでしょと思いながら歩いた。ワサビがあっちだと指をさす。

「テレポートできればそれが一番なんだが、不正アクセスを受けているとなるとどうなるかわからないからね。走ろう」

否応なく頷いた。走る。メンフィスの外へ。見れば空を覆い尽くすようなアローバードの群れが南へ向かって飛んでいる。高度は二〇〇ブロックを切っている。

「サンドチクワ祭の季節だ」

「サンドチクワ祭？　ああ、毎年来る調査団のことだね。そうか君たちはサンドチクワの回遊やアローバードの出産と組み合わせてそういう風に見ていたのか」

「プレイヤーは祭のつもりじゃなかと？」

私が尋ねると、ワサビは苦笑した。

「まあ、ある意味お祭りなんだけどね。解禁日にあわせて各企業、研究団体が一斉にこの地にログインしてくるんだよ。外だと年に一度、こちらの時間だと九六年に一度の話かな。アローバードという他の肉食動物にとって貴重な食べ物が大量に飛んでくる関係で、生き物たちが一気に活性化するんだ。新種もこの時に見つかることが多い」

ワサビはそう言ってアローバードを見上げた後、メニューを開いた。

「呼び出してはいるがＧＥＮＺからの返事がない」

「死んだ？」

「大丈夫大丈夫。ただ返事できない状況かもしれない」

それは死ぬのと何が違うんだろう。

砂岩の道は死んだ村人がはがしてしまったせいで村の近くからはなくなってしまっている。今はへこんだ砂漠があるだけだ。

それでも砂を滑り降りた。ＧＥＮＺと言えば砂岩の道しか思い出がない。だからそれにすがった。ほかにあると言えばアローバードとサンボンとシュウノウトンボとサンドチクワだけ。生き物ばっかりじゃない。なんで私を見てないんだろう。

おめく、水に浸けてうんぶくれるのを見る。ＰｖＰする。蹴る投げる関節を決める。

半泣きになりながら砂岩の道まで走る。後ろでワサビが何か言っているが、もう耳に入らない。入れたくなかった。今は恋愛フラグの間抜けな音だけが聞きたい。私はもう生後九日だ。ＡＩ生の半分をＧＥＮＺと過ごしていた。彼のいないこれからなんて考えることもできない。

探す、探す。太陽の動きからして、二時間くらい。

走る。見つける、歩を緩める。砂岩の道の上に大量のフォレストチクワの幼齢のニクチクワやアローバードの破片が飛び散っている。

なんでこんなに死んでいるんだろう。

双眼鏡で道の先を見る。変なところで凝っているゲームシステムのせいで気温が高く、大気が屈折してきちんと見ることができなかったが、それでも黒い布を被った一団の姿を見ることができた。メンフィスですれ違った、連中。さらにそれに喧嘩を売りに行ったＧＥＮＺの姿も見えた。

数は一対一二。私を入れれば二対一二。戦力比一対六。装備はともかく頭数が違って勝負にならない。

勝負にならない、けど。

ワサビが追いついてくる。即座に双眼鏡をワサビに渡してアイテムバッグ1から短剣を取り出した。両手で短剣を掴んで身体に引きつけて抱くように走る。加速をつけて突撃。まさに横槍、一人の脇腹を刺した。

刺したつもりだった。

皆があっけに取られている。与えたダメージは一。一点。もちろんゲーム上の最小値。ちなみにアローバードも耐久値は一〇くらいある。虫も殺せぬとはこのことだ。

表情のない団体が表情のないまま面食らううちに、GENZが動いて私の腰を掴んだ。走って逃げる。追いかけられる。でも、敵はミスを犯した。全員では追ってきていない。三人しか追ってこない。戦力比は、二対三。追いつかれる。いや、反撃に出る。

次の瞬間、私は遠くに投げ捨てられた。信じられないほど遠くに投げられた。着地に失敗して天地が逆転する。転がっている。目が回る。

それでも立ち上がり、GENZを見る。戦力比一対三、なんで自ら不利になっているんだ。

GENZは自らの短剣を抜いた。二刀流。左手の両刃の短剣は逆手に、右手の片刃の短剣は普通に持っている。即座に一人目掛けて突っ込んだ。肌が密着するほどの接近戦。転倒させ、自らも転がる。上下がどちらかわからなくなる。取っ組み合いだ。

モンスター・ウォッチャーと言いながら、GENZはひどく戦い慣れしていた。残る二人は手を出せないでいる。これで戦力比は一対一だ。

GENZの上に馬乗りになった敵が、にやりと笑う。笑ったまま、後ろに倒れた。立ち上がったのはGENZ。敵二人が同時に襲い掛かってくる。GENZは低い姿勢から一人の腰に飛びかかり、転ばした。また一対一。すごい。今度の一人は距離を取ろうとして下がったところで突きを入れられ、姿勢を崩したところで転がされ、首に左手の短剣を突き立てられた。

強い。GENZ、強い。単にレベルが高い、というだけではすまない強さを持っていた。莫大な戦いの経験値を持った古強者《つわもの》。

残るは一人だったが、他の敵が追いついてきていた。一対一〇へ逆戻り。GENZは勝てるだろうか。いや、勝てない。数の優位をひっくり返せたりは、しない。

私はアイテムバッグ1からコップ入りのマグマを取り出して敵に投げつけた。地面についた瞬間にマグマが四方に広がり、泉のように広がる。ゲームならではの動き、とか、むかしコノマが言っていたのを思い出した。広がるマグマを敵がよけた。

次の瞬間マグマを踏んで、GENZは走って逃げだした。そこだけ包囲網が解けていたのだった。私も走って逃げだした。私の方は追いかけられはしなかった。さすがに一ダメージしか与えられないキャラクターは相手にもならないと判断されたらしい。

ＧＥＮＺは敵に追いかけられながら、意外にも笑っていた。

そうか、時間稼ぎか。

私を担いだりしていなければ、速度は敵味方変わらないようだった。先に走り始めたＧＥＮＺに追いつくのに、苦労している。ＧＥＮＺはその調子で援軍が来るのを待っているに違いない。

でも、敵もさるもの。ある程度走ったところで、すぐに、退いた。戦って復讐したり勝ったりするよりも、何かを優先させたようだった。これも、すごい判断だ。

プレイヤーというものは、戦いについては恐ろしく有能だ。私たちなんか及びもつかない動きをしている。


敵は防御を固めつつ距離をとり、ＧＥＮＺを徹底的に無視することにしたようだ。襲われたら数の上の優位を利用して反撃してくるだろうが、それだけだ。逆に言えばこちらからは手を出せない。ＧＥＮＺも敵も、飛び道具は持っていないようだった。

敵から二〇〇ブロックほどの距離でＧＥＮＺは歯ぎしり。ついで痛恨の表情で私を見た後、黙ってワサビの元へ向かった。

「総務省はどうだ」

「ダメだな、本件はすでに内閣府の所管に移った。今、総理大臣命で自衛隊に出動要請している。治療するから少し待て」

ワサビはGENZの足の傷を、包帯を巻いただけであっという間に治療。これもまた、ゲームならではというやつらしい。

GENZは苦々しい顔で口を開いた。

「首相の判断は迅速でなによりだが、時間がない」

「だからって今、何ができる。調査隊本隊は現状、妨害にあってログインできない状態にある。僕たちロートル二人とレベル二のNPCで何をやれるっていうんだ。ダメージソースとして一番使えるのが猫だぞ、猫。だからなGENZ。あえて言おう。エリスさんにあやまれ、そして、ラブコメしてこい。こっちから生暖かく見守ってやるから」

GENZはワサビを蹴った。

「冗談を言っている暇はない。このままでは我が国固有のG‐LIFEのデータを持っていかれる。その上貴重なG‐LIFEの生態系が脅かされる可能性すらある、立派な存立危機事態だ」

「わかってる!」

ワサビは頭を抱える。

「GENZ、戦いというものは、一瞬で勝つのが最上だ」

「知っている」

「そして戦いは、準備が九割だ」

「それも知っている」

「ならわかるだろう。我に対し、敵は完璧に理想の戦いを実践している。周到な準備と、一瞬の勝利を目指した動き。相手はプロだ。そして我が国の情報技術者より上手《うわて》を取っている。負けだよ。完璧に負けだ。こういうのは事が起きてからではもう遅いんだ。ひっくり返すのは無理なんだよ。我が日本が現時点で動員できる全戦力は高齢の歯医者と高齢の元技術者あがりの生物模倣工学学者、あと、猫。以上終わり。戦いをどうこうするレベルじゃない」

ＧＥＮＺは唇をかんだ。

「国益がどれだけ損なわれると思っているんだ。あと、俺のチクワが傷ついたらどうする」

「勝てるかどうかの話をしているんだ。損害なんて……わかっている」

ＧＥＮＺは私を無視している。無視しようとしている。

泣きたいが、その動きはたぶん全部、私を守るためなんだろう。でも、泣きたい。

お腹が痛い。ぐるぐるする。

「にゃあにゃあ、にゃー。ゴロゴロ」

ワサビは頷いた。猫からの通信だった。

「一番南の一般開放エリアから自衛隊部隊が来る」

「到着は？」

「距離六〇キロブロック」

ワサビの言葉に、GENZは苦い顔。

「走って一時間。ゲーム内時間四日か」

遅いというよりも遅すぎると思っているのが明白。

「ワサビはエリスをつれて遠くから監視してくれ」

「いや」

私は即答。ワサビもすぐに反論した。

「一人で特攻でもするつもりか。GENZ、攻撃しても意味がないぞ。相手はチートしている可能性が高い。対人無敵になっている可能性がある」

「チートってなんね？」

GENZはつらそうな顔で一瞬だけ私を見た後、口を開いた。

「ゲーム内でのズル、だな。たとえば敵からのダメージを受けなくして無敵になるとか、空を飛べるようになるとか、落下しても死なななくなるとか。遠くへのテレポートもチートの一種だ」

GENZは疑問にすらすら答えた。答えながらメニューを開いて自分のアイテムバッグの中をのぞいて、使えそうなものを探している。

「しかし、今回の敵にチートはない。俺のダメージが普通に通っているし、アローバードが上空を埋め尽くしているにせよ、敵は空を飛ぶ様子もない。どういう理由かわからないがチートしてないわけだ。そこまで手がまわってないのかもしれない」

「だからやりようがある、とでも？」

ワサビが難しい顔で言った。

「そうするしかない」

「そういうのを年寄りの冷や水っていうんだ。お前の衰えた反射神経で誰を倒せるっていうんだ」

「うちもおったい」

私が言うと、ワサビは苦笑いしてGENZは顔をこわばらせた。

「ダメだ。このゲームでは仲間も村人も復活しない」

GENZの言葉に、私はそっぽを向いた。

「そぎゃんとは知らん。ついていく」

GENZは大きなため息。

「いいか。クチナワの時怖い思いをしただろう。あれよりもっと危険なんだぞ」

それは怖い。でも、と二秒考える。あれ、でも。じゃあ。

「あたの仕事は?」

「軽戦士。違う。モンスター・ウォッチャー」

「モンスターには詳しかと?」

「そりゃあもう。専門はチクワ類だが、それ以外も相当なもんだ」

「クチナワけしかけるとは?」

GENZとワサビと猫は手を叩いた。

「それだ!」


言われてみれば簡単な話だが、いや、実際思いつかないもんだとGENZは言った。私としては、そういうのはいいから褒めろと言いたい。半眼で見ていたら頭をさげられた。

「ありがとうございます」

「ちびっと違うばってんが、まあ、よし」

即座に作戦が立てられる。クチナワを呼び寄せる餌は、幸い黒い敵が量産しており、私たちは砂岩の道の上でアローバードの死体を集めるだけで良かった。

「なんで敵は、アローバードやニクチクワを殺しとっと?」

「通行するときに邪魔だったんだろう。急いでたんだろうが、ひどい奴らだ」

私もそう思う。ちょっと避けて歩けばいいだけなのに。

私が顔をしかめて餌を集める間、ＧＥＮＺはワサビに渡された各種のまずそうな色の薬を飲まされている。いろんな能力が上がる薬で、ワサビ特製の高レベルブースト薬、だという。

「ゲームでも薬の山を飲まないといかんのか」

「老人だからな」

ＧＥＮＺのぼやきに、ワサビがそう返す。

餌を集め終わった。

「敵はサンドチクワの殻のところで調査している」

私が渡した双眼鏡を使いながら、ワサビが言った。

「中々見どころのある敵だな」

ＧＥＮＺは私から見ても、間違ったことを言った。

死体や部位を道の横に撒いて待つこと数分。まずはサンボンが集まってくる。

「これじゃない！」

ワサビはそう言っているが、私やＧＥＮＺはそう思わない。じりじりしながら、待つ。

サンボンが四本足で逃げ出した時には、ＧＥＮＺと一緒に喜んだ。

不意に砂上の大口が現れる。でた、クチナワ。ＧＥＮＺが砂の上に飛び出して、砂岩の道と平行する形でクチナワたちを誘導した。

最悪でも敵が散り散りになってくれれば、GENZが各個撃破できる。

「すごい勢いで腹が減る！」

実際パンをかじりながら、GENZはそう言った。

一緒に走る私やワサビも、パンを食べながら頷く。

三つ目のパンを食べる前に敵の背中が見えた。GENZと二人で背中を歩いたサンドチクワの抜け殻を、黒い布を被った敵が調査している。なんだか許せない。

GENZは一旦安全地帯である砂岩の道の上へ。敵を道上から外さないとクチナワに襲わせることができない。どうするか。エリスから短剣を受け取って、GENZはそれを高く掲げた。

続々とアローバードが短剣めがけて降りてくる。出産のための動き。その数は膨大だ。GENZは大量のアローバードを引き連れて最後の猛ダッシュ。もはやアローバードに全身を覆われているかのようだった。

無表情の敵に表情が浮かびかけるような光景。すぐにそれが、自分に無関係でないことを、知る。

GENZは渾身《こんしん》の力を込めて、サンドチクワの抜け殻の間に、短剣を水平に突き立ててそのまま走り去った。突き立った短剣にもアローバードが集まってくる。棒ならどこにでも止まろうとするのがアローバードだ。

アローバードが敵にめがけてどんなに集まってもダメージにはならない。彼らの身体を少し押す。それだけだ。

でもそれだけで、良かった。

エリスが見たところ、敵はどんどん押されている。何が楽しいのか面白そうに笑っている敵もいる。そのまま道から押し出されて、直後に音もなく脚を食いちぎられた。

叫べば他の敵にも聞こえたかもしれないし、まだ被害に遭ってない者も対処できたのかもしれない。だが、敵は声を上げなかった。いや、アローバードの噴進音に、声をかき消されていた。

事態に気づいた者があわててアローバードを押し戻そうとするが武器をふりあげたのがいけなかった。倍するアローバードに飲み込まれ、押し出され、クチナワに食われていく。

生き残るつもりなら、GENZの後を追えばよかったのに。エリスは遠くで繰り広げられる惨劇を見ながら思った。村人から見れば無敵に見えるプレイヤーだが、ああやれば対応も出来るのね。

あるいはプレイヤーは、とっさの判断には弱いのかもしれなかった。

GENZもそうなのかなあ。考えてみれば、とっさに好きの一つも言えなかったのは、プレイヤー特有の判断の遅さや間違い方があるような気がする。

でぶ猫が鳴いた。意識を、戻す。双眼鏡はワサビが持ったままだったが、エリスは取り返す気にならなかった。惨劇はまだ続いている。見たいと思えるような光景ではない。

ＧＥＮＺの姿が遠くに見える。まだ先へと走っている。生き残りの敵は、四。意外に多い。作戦を変更したのか、ＧＥＮＺを殺すのを優先している。

数が減りすぎて、防御に専念出来なくなったからそうなのか、それとも単純な復讐心か。

どちらにしてもここからは、生き物の力抜きで戦わないといけない。

「うちもいってくると」

私がそう言うと、ワサビはドクロマークの瓶を一〇本くれた。

「マグマより効くよ。敵に投げつけてやってくれ」

「うん」

問題はＧＥＮＺが、こっちに近づいてこようとしないことだ。また私を傷つけないようにしているのか。まったくどちらがツンデレだかわかったものじゃない。

どうやったらＧＥＮＺと一緒に戦えるのか。

プレイヤーはとっさの判断が弱い気がするから、それが使えないか。

とりあえずＧＥＮＺのいる所へ直接向かうのではなく、ＧＥＮＺが最終的に向かいそうな場所へと走る。砂漠にも色々な地形があるが、クチナワを避けてＧＥＮＺは走りにくそうなところを走ったりはしないだろう。となれば、必然として走りやすい、砂というより岩場に向かうはず。

走りながら周辺探査。あった。しゃがんで待つ。翠色の髪が目立たないように上着を被る。

GENZが大回りして走ってきた。立ち上がる。私の姿を見た瞬間に振り返って敵に突撃していく。

どこまで私の心配をしているんだ。でも、離れていくのは許せない。

GENZと敵を走って追いかけ、数を頼んで襲いかかる敵の一体に狙いをつける。長い剣を持っている、たぶん戦士。

ドクロマークの瓶を投げる、ぶつかる、紫色の煙が立つ。一回で当たったのは嬉しい。

敵がこちらをにらんだ。紫色の煙にあたった敵が、むせた。

ダメージはまったくないが、むせることには大きな意味がある。むせている間は戦力外になるからだ。これで三対二。もう一人が私の方へ向かってきた。

近づいてくる敵ではなく、GENZに襲い掛かろうとしている方の敵に瓶を何本も投げる。GENZにだけは当たらないようにしないといけない。三本目が命中。これで一対一が二組。近づいてくる敵は、もう目の前。

敵の体格のほうがずっと大きいくせに、動きは同じくらい。レベル差もたくさんあるだろう。まともな攻撃でダメージが入る状況ではない。

戦って勝つのではなく、戦って負けないことを選択。プレイヤーより判断が速いことを最大限に使って、これを達成する。達成するしかない。死んだらそれでおしまいだから。横に飛んで瓶を投げつければ命中率は低くなる。敵がまた一歩近づく。全力で思考しているせいか髪が揺れているのがゆっくりに見える。

真っすぐが、一番命中率が高い。

後ろに飛び退きながら瓶を投げつける。当たった、この動きは想定外だったようだ。私は距離を取りながら定期的に瓶を投げた。これで、敵は釘づけ。

最後の瓶を投げる前に三人の敵を片付けたGENZがむせつづける敵を押さえつけた。

「殺さんと?」

「捕虜にして情報がとれれば。何も喋らないでもキャラクター情報から辿って敵に近づける」

GENZが言った瞬間に、敵が消えた。ドロップアイテムが落ちる。

「ログアウト、いや、自殺したか……」

死体を残さない死に方ができるのかと驚いたが、GENZが驚いていないところを見ると、プレイヤーには既知の手段らしい。

「どぎゃんしたと?」

「もともと自分で建てた建物の中に閉じ込められて、〝はまる〟現象を阻止するために自殺コマンドがあるんだよ。悪用して瞬間移動に使う奴が増えたんでデスペナルティとして一部アイテムのドロップのルールがついたんだが」

よくわからないが、死んでも構わないプレイヤーらしい行動だ。

GENZがやっと近づいてくる。顔を見る。一歩下がる。

ショックな顔をしているが、私だって、ショックだ。GENZはアローバードの排泄物まみれになっていた。しかも砂漠のせいで乾いていた。

「大変だった」

GENZは言った。

「そぎゃんごたる」

私はそう言って、噛みつくのはしばらくやめようと思った。なんとなく嫌だ。

「まあ、さしおり、こればつかいなっせ」

アイテムバッグ1からコップの水を出す。コップといってもゲームにおいては一ブロック分の量がある。一立方メートルの水だ、とはありがたがってGENZが言った言葉だ。

水を被り、頭を振る。綺麗になる。

「入浴の手間がいらんのがゲームのいいところだ」

そんな事を言い出した。よくわからない。

「GENZぅ、風呂を楽しめなくなったら人生の終わりが近いぞ」

やっと追いついてきたワサビが言った。

「とっくに近いから安心しろ」

ＧＥＮＺは胸を張って言った。

「デイケアの入浴サービスは試したか」

「そんな齢《とし》じゃない」

「齢を取ったのが自慢なのか、そうでないのか……クチナワと言ったんだっけ。あれは論文でも見たことないな」

ワサビの言葉に、ＧＥＮＺは鼻の頭をかいた。

「今年の新種だ。今年は格別に新種が多いと思われる。これに伴っていくつかの種は絶滅するかもしれん」

「解析の人数が足りないかもしれんな。敵のドロップアイテムを回収して調査したいが、もう、現場まで行っても大丈夫か。つまりクチナワはいなくなっているか」

「観察しながら、もう少し待とう」

ＧＥＮＺは深呼吸して、私を見た。

「それにしても、いいアイデアだった。ありがとう」

私は頷いた。上目がちにＧＥＮＺを見る。自分の脚を絡めて小首をかしげてみせる。

「なんだ」

「じー」

「視線を口で表現するんじゃない」

「じー」

「言いたいことがあれば口で言え」

「それだけ？」

GENZは目を逸らした。

「わかっている。ちゃんと北の街に送ってやるときには持参金にボーナスを出す」

私は静かに手をあげた。あわててGENZが止め、細い腕を摑んだ。アローバードの群れの移動は、これから一週間近く続く。

「悪かった」

「他に言うことは？」

「ものすごくありがとう」

私は脚を踏みならした。言うべきことは別にあるでしょ？ と、目で訴えかけた。

「後で言うから」

言葉を発してないのに通じたか。GENZは手で顔を隠しながらそう言った。

「バカ、GENZ、今だ！ 今しかない！」

ワサビが混ぜっ返す。

「お前がいるからやらんのだ」

GENZは顔を真っ赤にしてそう言い、サンドチクワの抜け殻の方へ歩いて行った。近くで見る抜け殻は、アローバードの排泄物というか、糞にまみれて大変なことになっている。

慎重にクチナワがいないかを確認しながら近づく。打ち捨てられたサンドチクワの抜け殻の内側に一人隠れている者を見つけた。脚を食いちぎられながら、どうにかたどり着いた者のようだった。

「コノマ……」

GENZの言葉に、私はあわてて走った。

殻の合間、日陰と日向をまたいでコノマが目を開けて寝そべっている。生きながらにして死んだような目をしていた。脚は見る影もなく、酷く痛そう。メニューを開いて見るまでもなく、余命幾ばくもない状態だった。

「俺にまかせろ。こう見えても医者だ！」

ワサビが顔を出してきた。エリスとしては本当に嬉しい申し出だった。

「コノマ、待ってはいいよ。治療急ぐけん。だけん」

「いい……」

コノマはしゃがれた声で言った。

「いい。あいつらに酷い目にあわされたの。こんな記憶、持って生きていけないわ」

私は何も言えなくなった。熊本弁生成エンジンがダウンした。

ワサビが治療しようとするのをGENZが止めた。

「あいつらは何か言っていたか」

GENZが静かに尋ねた。コノマは首を振る。

「何も。ただ、中国語を使ってた。でもそれだって偽装かもしれない」

「わかった。ありがとう」

「何度でも死ねるっていうのも考えものね。痛い」

コノマは死んだ。素材を落としてゆっくり消える。

GENZは私の背を撫でた。長いまつげに涙がついている。それを揺らして私は口を開いた。

「何でもないわ。村人がプレイヤーに殺されるのは、いつものことだから」

GENZは私の背をもう一度撫でた。そんなことされると泣きたくなる。でも我慢した。こんなことで泣いていたら、ゲームでは毎日泣かないといけなくなる。誰も彼もがすぐ死ぬのに。

「気づいてやれなかった。名前表示がアローバードにじゃまされてよく見えていなかった」

「仕方ないわ。服装も変わっていたし」

ったのに。

エリスは一応、GENZの服で目を拭った。あらやだ、しばらく触らないでおこうと思

しんみりして、GENZは言った。

「素材は貰っておくといい。……あーコノマは動く墓標だ……いや、特別製の村人だ。時間さえ経てばまた復活するはずだ」

プレイヤーから村人になると、そういう優遇措置があるらしい。良かった。コノマだけは、データ教の教えを体現していたのか。

「悪いことを覚えていなければいいんだけど」

「……機構が売り込みに来た時、ちゃんとパンフレットを見ておけばよかった」

相変わらずGENZの言っていることはよくわからなかったが、それでも私には注目すべき内容があった。

「もしかして、GENZもコノマみたいに村人になれる？」

「まあ、安くない金を払えば、そうだな。AIにはわからないかもしれないが、こっちというかゲームの外というかプレイヤーの世界では死んだ時のためにゲームに移住するというサービスがあってな」

自分のキャラクターのログデータからAIを生成して村人にするという。そしてプレイヤーの死後、そっと世界のどこかに配置するという話だった。

なるほど、とエリスは納得する。重要な話だ。

「じゃ、じゃあ、はよ村人になる処理ばしなっせ。あと速やかに死になっせ」

「まて、いや、それは」

GENZが答えるそばからワサビが大笑いしている。

「よかったなGENZ、死後の楽しみが出来たじゃないか」

「あー。エリス、そうは言っても色々あるんだ」

「そぎゃんとは知らん」

GENZは遠くを見た。

「まあ、ともあれ、ちゃんと調査出来そうでよかった」

エリスは足を踏み鳴らした。

だから、後でと目で訴えかけるGENZを正面から見ながら、さらに足を踏みならす。

「まあ、事態的に考えると感謝状ものの話だ。僕は一時間くらい後始末してくるから、まあがんばってくれ。いや、がんばれ、GENZ。かれこれ五〇年ぶりのデートだ」

「死ね、脳溢血で死ね。心臓病で死ね、癌で死ね」

随分具体的な罵倒をして、GENZはワサビを見送った。

それから

遠くなるワサビの背を見た後、GENZは私の方を見る。

不当そうな顔。

「どこをどうやって凍結を解いたんだ！」

タイミングがいいのか悪いのか、あ、そうだGENZぅと、またワサビが走ってきた。

「お前か。またお前か」

過去に何があったのか、GENZはワサビに詰め寄った。

「そうそう。エリス……さんを置いていくのは人として友人として医者として看過できない」

私としてはそれどころではない。事が終わったのだから、ワサビではなく、私こそを見てほしいし、GENZは私に対して何かを言うべきだった。

それで、噛みついた。

「痛い!!」

あれ、攻撃できた。と思ったのは随分たってからだ。何気にゲームシステムの枠を超えることが、できた。何事もやってみるものだわ。

ダメージは八〇。アローバード八匹を噛みつぶすくらいの威力。

「既製品とは言え短剣よりダメージが高い噛みつきとは……」

ここが変だよこのゲームと呆然と言うワサビに、GENZが首を振ってみせた。

「まて、ワサビ。それ以前にこのゲームに噛みつきは実装されていたかを気にするべきだ」

一度口を離し、のけぞった後GENZに頭突きするエリス。今度は一〇〇ダメージ入った。

「気にすんなら！　うちのことば気にしなっせ！」

「元気そうじゃないか」

「誰が！　メニュー見てみなっせ、フラグがのうなっとるたい！」

「いや、良かったじゃないか」

私は自身の額が痛いことに気づいたが、気にせず何度もGENZの額にぶつけた。

「誰ぁ《だ》が何で、どぎゃんことに対して！」

「まて、GENZはともかくエリスさんが傷つく」

ワサビが止める。同じくらいのダメージでも、こっちの方が重傷だった。だって泣いている。

ワサビがGENZを非難の目で睨む。GENZは目をそらした。

「言っておくが、あれは彼女を危険な目にあわせないようにする、合理的かつ緊急避難的な非の打ちようのない配慮だった！」

「僕の方を見て言うな。同じことをエリスさんに言え」

私はGENZの前に正座する。GENZは横を向いた後、斜め下を見ながら言った。

「ま、まあ、無事でよかった」

のけぞった。否、首をスイングした。頭突きが決まるより先にワサビがGENZにフレンドリーファイアした。すなわち猫の脇をつかんで顔をひっかかせた。こっちは三〇〇ダメージくらいいった。

GENZは顔を押さえながらうめく。

「俺は老人なんだ。老人にはいろいろあるんだ！　例えば病院の待合室で、あの人ネットゲームで若い子はべらせてたのよ、うふふとか言われたら、それだけで血圧が危険な領域まで上がるんだ！」

「どこのだれがお前のそんなところまで知っているんだ」

ワサビの言葉に、目を逸らすGENZ。

「たとえば、だ」

エリスは睨んだ。GENZは落ち着かない様子の後、椅子を横に向けた。目を合わせまいとする。

「だから、無事でよかったと言っている」

「どっちがツンデレよ」

「だーかーら」

「そんなにエリスのことが嫌い？」

熊本弁生成エンジンがダウンして、緊急用に標準語生成エンジンが使われるほど心乱して言った。

GENZは震える手でメニューを開いて再度仲間に登録し直した。間抜けな音が二回連続で鳴った。

ほぅ、と感銘の顔をするワサビを華麗に殴り倒し、GENZは私の手を引いて離れた。顔を見ないようにして顔を向けた。目だけ上を向いている。

「これでいいだろう」

「二つ足りん」

「何が」

「前は四つフラグが立っとった」

「それは俺の専門外だ。そもそも最近のAIをフラグ管理しようなどという旧態依然のゲーム文化に俺は警鐘をならしたひ」

最後が〝い〟でなかったのは、また頭突きをくらったからだ。

「ええころかげんにしてはよフラグば立て直しなっせ！」

「それは俺がどうにかすることか！」

GENZは言い返した。今度はエリスが顔を赤くしてそっぽを向いた。

「そぎゃん」

大きく頷く。腕を組んで待つ。ワサビとでぶ猫が私の双眼鏡を交互に渡しあって、この状況を見ている。

GENZは何か言おうとして失敗した。別に標準語生成エンジンがダウンした訳ではない。単に恥ずかしかっただけだ。

「いや。だから、俺は目の前の君を心配した。それで十分な説明だと思いますがどうでしょう」

「なんで名前で呼ばんと？」

「エリスが心配でした」

私は上を見た。間抜けな音が響く。

「あと一本」

「鬼か、最近のゲームは鬼仕様か！」

私は急げと手で促した。GENZはうめき、苦しみ、高血圧が、とよろめき、最終的にはいかん、チクワ類の観察をしないと、と言って、走り出した。

「逃げるな！」

追いかける。GENZはまだ早足で逃げる。

「逃げてはいない。緊急退避だ」

「そぎゃんとはどうでもよか。エリスが一番たい」

「そう言い切れるのが若さなんだよ！」

「そぎゃんとは知らん。よかけんはよしなっせ」

「だーかーらー」

GENZは私に顔を近づける。

「いいか、七五％だ。この記録的短時間に俺は七五％までフラグを立て直した。これは、恋愛ゲーム専門ではないとはいえ、俺の六〇年以上にわたるゲームライフでも初の快挙だ。もはや全力を出しきったと言っていい。これ以上やったら絶対どこかぶっこわれる。従って人の見ていないところで後でやるから許してください」

「……やだ」

「ツンデレか！」

「そぎゃんとは関係なか」

GENZと私は上を見た。顔を見合わせた。三秒待って間抜けな音が聞こえてきた。

「続きは後で」

GENZは表情を消して言った。私は目を細めた後、自分の髪を指で弄んだ。

「忘れないように」

ワサビは、堪能した！　感動した！　と言いながら猫を連れて去っていった。

二人きりになると、GENZは突然、人間らしくもない直線的な動きをはじめた。カクカクした変な歩き方。プレイヤーはまったく人間らしくない。エリスとしてはあきれるばかりだ。

体力を奪う太陽を見上げ、まあ、とりあえず村に戻ろうと言う。

横を並んで歩きながら三秒考えて、GENZを見上げた。

「後でって、今のことじゃなかと？」

「どうかな」

「今のことたい」

「人生は長い」

「老人だとか言っとったくせに」

「心の準備が必要だ」

「プレイヤーは切り替えが遅か」

「ＡＩが早すぎるんだ。情がないように見える」

私はふーんと顔を向けた後、ああそぎゃん、ああそぎゃんねと目を細めた。

あら、また熊本弁生成エンジンから思考が動いている。

目を細めて二秒考え、ＧＥＮＺに飛びついて抱きついた。

「さあ、情を通わせてみよう」

「なんでそこだけ熊本弁じゃないんだ」

「ほんとだね」

ＧＥＮＺは私を引きずって歩きながら、途中でお姫様だっこして歩きだした。

「七〇年間結婚できなかった男にいろんな期待をしてはいけない」

「多くは期待しとらんばい？　一個？　二個？　それくらい？」

「参考までに聞いてもよろしいでしょうか」

「まずフラグは全部立てて……どぎゃんしたとね」

ＧＥＮＺは遠い砂漠の向こうを見ている。

「いや、ゲームなんだなあって」

「そらそうたい。プレイヤーもゲームってわかってやっとっとだいろ」

ＧＥＮＺは顔が赤い。むしろ、赤すぎる。

なんだか勝った気がして、私はフラグが立たないかなと上を見た。もう立ってもいいよね。勝ったし。

鳴らない。私は目を細めた。

「いや、だから、でも、フラグを立てるのは難しい気がする。そもそも条件がわからん」

「立てなっせ。何が何でも今すぐ立てなっせ」

「攻略対象にそう言われても」

私は笑顔のまま怒った。はらかくとはこんことたい。

「怒った！」

「まて、俺は無実だ」

ああそうだ、ああそうだ！　と、突然GENZは叫び始めた。なんのことだろうと思ったら、目の前の砂岩の道の上にフォレストチクワの第一幼齢がいた。それも、たくさん。

そう言えば死体もあった事をエリスは思い出した。

「どぎゃんしたと」

「ここは砂漠だ！」

びんたした。即ち平手でGENZの顔を叩いた。気持ちのいい音がした。

「そら当たり前たい」

「最後まで聞け。フォレストチクワは北の森林地帯の生き物なんだ」

そう言えばと、生まれた時から焼き付けられていた記憶を参照する。確かに、フォレストチクワは砂漠にはいない。あれは木の根を食べる生き物だ。

GENZは私を下ろすと、嬉しそうに両手でフォレストチクワの第一幼齢を抱き上げた。まだ殻がきちんとできていなくて、柔らかそう。あわてて変な音を立てている。チクワの語源である穴から向こうの景色が見えた。半透明の内部の羽、吸気羽も見える。

GENZは目を細めた。

「こいつはたぶん、サンドチクワだ」

「はぁー!?」

そう言えば、脱皮直後のサンドチクワはフォレストチクワのように総排出孔が尻を向いていると言っていたっけ。

エリスはあわてて、それでいてゆっくりと逃げていくチクワを見る。これがやがてひっくり返って途中から上に曲がってあのサンドチクワになるのかと思うと、ちょっと不思議な気分。

「そらほんとね」

「多分。な。そうか」

GENZは楽しそうにものを考えている。

「クチナワはサンドチクワの幼齢も食べるんだな。だからそれを避けるため、小さいときは親の作ったこの道の上で生活する」

「餌はどうすっとね、砂がなかとサンドチクワは生きておれんばい」

「あ、そうか」

自分に対する信頼性が下がるようなことを平気で言う。まったく、なんて奴だろう。楽しそうに観察して考えている。大好き。

あわてて上を見る。音は鳴らない。よかった。どうせ鳴るなら、チワワなしで二人きりの時がいい。なぜかはわからないけれど。

村に戻るはずが、サンドチクワ？　の観察大会になってしまった。

空こそ飛ばないものの、確かにサンドチクワはアローバードに似ている。幼齢だと特に似ている。殻が柔らかいせいだなと、見て思った。ただ目の大きさが違う。サンドチクワは目が見えない。痕跡器官だっけ、そもそも殻に覆われてしまっている。

指で触る。ふにふにして柔らかい。猫のよう。なんで最初から硬くないのだろう。

そう尋ねると、ＧＥＮＺは嬉しそうに口を開いた。

「いい質問だ。それは小さい時ほど頻繁に脱皮を繰り返すからだな」

脱皮を繰り返して、サンドチクワは大きくなる。ちなみにアローバードには脱皮は見られない。脱皮するほど硬い殻に覆われていないからだ。そもそも硬い殻は重すぎて、空を長距離飛行するのに向いていないのだという。

すごかねえと思ってしまった。また熊本弁生成エンジンから思考が始まってしまっている。いや、でも実際すごいだろう。感銘を受けるしかない。生き物はなんてすごいのだろう。どれだけ一所懸命で、どれだけ工夫を重ねたらここまでなれるのだろう。進化というものはすごい。

素直な尊敬の情が湧いた。

私は、私たちはここまで工夫したり努力したりしているだろうか。私たちも努力すれば今とは違うものに進化できるのではないだろうか。

「どうして、こんなに進化できたんだろう」

「色々理由はあるが、根本的にはより小さなレベルのブロックシミュレーションができるようになったからだな」

「なんねそれは」

尋ねると、GENZは手で砂ブロックを掘り出した。一ブロック。一立方メートル。

「ゲーム上ではこれが最小単位だが、処理上ではもっと細かい。一つのブロックを構成する一〇〇のセンチブロック。アローバードはこのミニブロックに属する生き物だ。センチブロックはさらにそれを形成する一〇〇のミリブロック、ミリブロックは一〇〇のマイクロブロックからなる。毎回すべてのブロックを広大なゲームエリアで演算するのは面倒なんで一度動作を確認したら、あとはブロック一つがそういうものとして機能性部品、つまり素材として扱われる。この構成物を小さく分けたのが複雑な生き物が成立しうる決定打になったといわれている」

「いわれている？」

「ああ、実際のところはわからない。似たようなものや似たようなシステム、仮想環境で繰り返し生命の発生と進化を追試しようとしているが、うまくいっていない。ただこのゲームだけが、それに成功してしまっている」

どうしてそうなんだろう。GENZの顔を見ながら考えていたら、彼は恥ずかしそうに説明を続けた。

「草食、肉食の分化、性分化と寄生までは成功している事例もあるんだが、その先はどこもうまくいっていない。ほとんどのケースで単純で小さな生き物が空間を埋め尽くして進化が終わる。その先にたどり着いているのはこのゲーム。それも一部のサーバーだけだ」

小さな生き物で一杯なら、このゲームだって同じような気がするのだが、違うのだろうか。

小さな、吸気音。

また虫がいる。エリスは虫を目で追って、発作的に手で叩いた。

「何をやってるんだ」

「虫」

「虫？　どこだ。見せてみろ」

　ゲームの〝外〟では、虫も珍しいのだろうか。それは良さそうだと思いながら、虫を目で追った。叩いて落とすのはなんともないが、手で包んで捕まえるのはなんかやだという気分になる。なぜかは自分でもわからない。それでGENZの腕を引っ張って、誘導した。ところがGENZと来たら不器用なようで、一匹捕まえるのに大変な苦労をしている。

「ぶきっちょねえ」

「AIの速度と比べるな。正確性も圧倒的に違うんだから」

　そうかなあと思いながらもGENZが老人というものだからじゃないだろうかと思いながら、水を入れていたコップで虫を捕まえた。

　手で蓋をして、見せる。

「うぉぉ」

「また大げさな」

「これもチクワ類だ！」

　コップをのぞき込む。GENZは大興奮。どちらかというとホーンバードの小型版だろうと思うのだが、外見的な特徴からホーンバードもチクワ類らしいと類推した。

　そうか。虫もチクワか。まあ、わかったところでうざいはうざいけど。

　GENZはまだ喜びの声をあげている。はいはいと思いながら、私はGENZによってかぶせられ、重なった手を見た。

またおおきかこつ。

なんか、恥ずかしか。

また熊本弁生成エンジンの方から思考している。仲間になるとこういうこともあるのかしら。

尋ねてみようと思ったが、血走った目でコップを覗くGENZを見ていたらどうでもよくなってしまった。

「まあいいけどね」

「何が？」

「なんでんなか」

上を見る。これで音が鳴ったらイヤだなあと思っていたが、音は鳴らなかった。幸いなのか、どうなのか。だんだん面白くない気分になってつま先でGENZを何度かこづいた。何か言って欲しい。褒めて欲しい。

だが、全く気づかれる気配がない。だんだんあくしゃうって、つまりはいらいらして、ついに私は怒りの頭突きを決めた。

「ああ虫が！」

逃げた。

「そぎゃんことはどぎゃんでんよか。それよりなんか忘れとるばい」

そう言うと、GENZは死んでも仕方のない顔で首をかしげた。

「何かあったかな」

本気で忘れている顔に、表情を消した。目を細め、口を大きく開けて、噛みついた。五〇〇ダメージ。

「記録的大ダメージ!?」

GENZが倒れる。押し倒す。噛みついたまま怒りの顔を揺らす。

「はがはが、はがはが！」

景気のいい音。びっくりして思わず口を離してしまったが、レベルアップの音だった。

よかった。これで恋愛フラグが立ったら自分も立派な変態になるところだった。

何度か頭上を気にしながら噛みつく。大丈夫。ならばと上着を脱いで格闘家の本領を発揮した。即ち寝技に持ち込んだ。関節を決めた。

「ちょっとエリスさん!?　激しいですよ！」

「せからしか」

腕ひしぎ十字固め。完成。

この際なんで、GENZが誰のもので私がいかに大事なものかを教えようと、寝技に励んだ。頭はどうあっても生き物から離れなさそうなので、体に覚えさせる。

「意味がわからん！　説明を！　説明をくれ！」

「そぎゃんとはしらん」

「都合悪くなるとそればっかり！」

GENZのものいいにはらかいた。すなわち怒った。

それにしてもプレイヤーと大喧嘩できるとは思っていなかった。さすがのゲームシステムも、察しの悪いプレイヤーを攻撃する権利は残しておいてくれたらしい。少しゲームシステムを見直して、存分に昼も夜も暴れていたら、ワサビが戻ってきた。

「随分激しいラブシーンだな」

「これはごてーどんの教育たい」

「ワサビ、今俺は思ったんだが、俺は護身を完成させていたのかもしれない」

「ほう。一応最後まできこうか」

「現実でこんな目にあったら死ぬ。つまり俺は結婚できなかったわけではない。身の危険を察知して結婚しなかったんだよ！」

私はにこっと美少女の笑顔。ワサビは笑顔で離れた。

「ぬしゃなんばいいよっとか！」

「意味はわからないけどすごい怒っている!?」

コブラツイストのあとさらに三レベルほどあげて、ようやく私は肩で息をしながら攻撃の手を休めた。よろけながらパンをかじる。ワイルド。いや、この数日で逞しくなった。

「で、どうだ。その後、黒い敵は」

「どうやって侵入したか、方法は特定出来ていない」

「セキュリティホールは開きっぱなし、ということか」

「そうだな。次があるかもしれん。……まあ、その場合でも今度は素人が対策を立てないですみそうだ」

ワサビが言っているそばから訓練された一団が北からやってきた。一二名からなる砂色の明細服を着た、屈強のプレイヤーたち。皆髪の毛を短く刈り上げていた。敵と違うのは、笑顔になっていること。あと、敬礼した。

「自衛隊のセルフ・クラフト・フォース。これでもう、安心安全というわけだ」

ワサビはそうはいうが、白い歯を見せて一糸乱れぬ敬礼をするところは、私には一日前に戦った敵とよく似ていて、怖かった。

それで、GENZの陰に隠れた。GENZは全身に歯形を残しながら、まあ、メンフィスに行くかと言った。

近隣六〇キロブロックのこのあたりに補給ができそうな場所はそこしかない。結局はまた、そこに戻るしかないのだった。

三度戻る

それで、何度めかのメンフィスである。

砂岩の道を歩くこと二日かかって到着した懐かしい村は、姿形はそのままながら、随分と印象を変化させていた。

砂漠の上に立つ、ありあわせのもので床や壁を作ったパッチワークのその村は味気なく、ひどく退屈に見える。仲間になると心境に修正でも入るのか、前は村と巣穴を往復するだけで十分満足していたのになあと、考えてしまった。

GENZのせいかもしれない。まあ、それしかないんだけど。しかしこの二日、GENZは現実でどうこうとか言って、姿を見せない。寂しい。悲しい。腹が立つ。

一日が、長い。村人のときにはついぞ使ったことのないベッド、酒場の二階のそれを使って、ごろごろした。マスタード、あのでぶ猫と怠惰に時間をつぶしたいが、あの猫はワサビの仕事に欠かせないらしく、メンフィスの外に出てしまっている。

ブロックで形成された雲が動いている。砂漠にだって雲がある日もあるし雨も稀に降る。降るときは結構降る。雨が降ってもいいかもね。そうすると変わった生き物が出てくるかも。

そうだ。アローバードと遊ぼう。

私は起きあがった。アローバードの習性の一つ、棒に集まってくることはわかっているので、これをうまく使えば何かおもしろいことができそうな気がする。

「いやー。コンビニ行って食事買ってきた」

ひょっこりそんなことを言ってGENZが姿を見せたのは、出かけるために髪型を三つ編みにし、メニューから着替えを選んだ直後だった。すぐにもう一度メニューを開いて、服を戻した。砂漠の作業服から南国の村娘のスカート姿に。後、髪はさらさらのストレートヘアに。GENZがうっかり髪に指を入れて梳《くしけず》りたくなるような髪。強く髪を印象付けるため、カラー情報を変更して光沢を一段階あげた。

「どうした？」

しかし、私の努力を全部無視してGENZはテーブルに座って食事をしている。

私はにこっと笑った後、遅かと叫んで派手に回し蹴りを決めた。

見事に肉を叩く気持ちのよい音はしたが、GENZはよろけなかった。太い右腕で見事なガードを決めている。

「プレイヤーにしてはいい反応速度だろ」

「どうやったと？」

「そりゃあまあ、攻撃が来るとわかっていたら老人でも」

頭突きが決まった。これはガードしそこねた。

「そぎゃんとはどぎゃんでんよか！」

「そういうのはどうでもいいから？」

大きく頷いた。どうでもいいから、相手して欲しい。もっと構って欲しい、可愛がって欲しいし、触れてもらいたい気もする。

あと、少し生き物について話をしてもいい。最近は、生き物の話を聞くのも、少し好きだ。

つまり結論として。

「あたは遅か」

「近くのコンビニで食事を買ってきただけだ。時間にして一五分だよ」

「そら一日たい」

え、いや、それ言ったら俺眠れなくないかとかGENZは言い出した。話を聞くと、プレイヤーはどうもゲームの〝外〟に、世界という名前のゲームがあって、普段はそこで活動しているらしい。

「それでどれくらい寝っとね」

「八時間かな」

「三二日じゃなかね」

これまでの生の二倍以上の時間だった。私は大粒の涙を流した。GENZがあわてている。

「あ、いや。でもそんなこと言っても」

「はよ契約とかして死んで。そしてこっちきなっせ」

「いや、だからだね」

涙が止まらない。寝たら永遠の別れではないか。GENZは震えた後、食事をやめて立ち上がった。

「なんで踊ると?」

GENZは震えながら私を抱きしめた。

なんで震えたり踊ったりしたのかわからないが、嬉しいは嬉しい。大好き。それで抱きしめられながら微笑んだ。そう。最初からこうしてくれればよかったのに。

「もの凄く悪いことをしている気分だ」

「なんば言いよっと?」

「何を言ってるかと言えばそれはその、孫娘くらいの齢に見える娘と抱き合うのは」

「ほっといたことば悪いと思いなっせ」

唇を尖らせて言った後、微笑んで抱きつきなおした。久しぶりのGENZを堪能するつもり。

GENZは観念したような顔をして、優しくエリスを撫でる。

「ところで、孫娘ってなんね」

GENZは驚きの顔をした。

「え。なんでそんな基本的な知識が格納されてないんだ」

「そぎゃんとはわからん」

「ああ、いや、そりゃそうなんだが」

GENZは考える風。なぜか口が不自然に動いている。

「なんしよっと?」

「あ。フェイスがモーションキャプチャのまま食事してた」

「〝外〟はなんでん遅かね。メニュー開いて食べればよかて」

「まあ、そうだな。おかげで人間は、ゲームにおいつけないでいる」

謎めいた言葉だったが、それよりも気になることがあった。孫娘。

響きからして、脅威を感じる。

もしかしたら、はるか太古の恋人、自分と同じ名前のキャラクターが就いていた職業かもしれない。聞いたことがないからレアクラスか。さもなければ〝外〟にしかない職業か。

レベルはいくつだろう。GENZはどれくらい好きだったのか。

猛烈に嫌な気分になる。強い強い脅威を感じる。

「大丈夫大丈夫」

GENZは優しく言った。

「あたの大丈夫は全然信用ならん」

「いや、そんなこと言われても。あー。逆はどうだろう。俺が寝ている間、君も寝るのは?」

世界の時間にあわせて寝ることはあっても誰かにあわせて眠ったことはない。それとも別の意味なのか。一番ありそうなのは……

「死ぬと?」

「いや、寝る。凍結、フリーズ。目がさめたら元通り」

ごまかされとるかもしれん。熊本弁生成エンジンがそう思っている。こン男はわるごろかもしれん。

私を捨てるかも。駆け引きが必要だ。

「んー。それもいいかな……」

横をみた後、GENZの顔を見る。

「そうだ。エリスが〝外〟にでるのは?」

GENZは意味がわかってなさそう。それで、言葉を続けた。

「だから、ゲームの外、世界だっけ、現実だっけに出るの」

これなら孫娘がGENZの周囲にいるか確認できる。ついでにいつも一緒だ。いや、いつも一緒なのがいい。完全な解決だ。ぱぁっと笑顔を向けるとGENZは目を逸らした。

「なんで逸らすのかな？」

そのままGENZの腕をひねりあげた。

「まて、関節技はやめろ。あと熊本弁はどうした」

「浮気しとっと？」

「独居老人に何を言っている！」

「じゃ、はよエリスば外に送りなっせ」

「それは出来ない」

一〇秒考えた。思考がダウンした。フリーズした。強制再起動が掛かった。目に光が戻る。

「じゃ、はよエリスば外に送りなっせ」

「だから無理だって」

九秒五〇考えた。また思考がダウンしそうになるのを無限ループ禁止のシステムが防ぐ。

記憶の一時的削除。

「あれ、なに言ってたっけ」

ＧＥＮＺがびっくりしている。よくわからない。盆の窪が痛か。思考より先に熊本弁生成エンジンが起動している。記憶が逆流、身体が勝手に震え出す。

「おい！」

ＧＥＮＺが私の細い肩を揺らした。瞳から涙が零れた。

「やっぱりエリスのこと嫌いなんだ」

「違う。フリーズせずに聞いてくれ」

「無理。死ぬね」

目を瞑る。ＧＥＮＺはさらに肩を揺らした。

「死ぬなー！　物理的に出来ないから出来ないと言っているだけで気持ちとか思いとか愛情は関係ない！」

目をあけてＧＥＮＺを見た。物理ってなんだろうと思うが、今は別の事を確認しないと。

「じゃあ、気持ちとか思いとか愛情とかは？」

「それは、まあ、ある。十分ある」

「なんで目を逸らしながら言うの」

「恥ずかしい」

ＧＥＮＺの頬を手で挟んで自分の方に向きを変えた。それでも目を逸らすＧＥＮＺ。本気で恥ずかしいらしい。

「じゃあ、死ぬね」

そう言うとGENZは顔を真っ赤にした。

「最近のゲームは鬼嫁仕様か！」

「そぎゃんとは関係なか」

「自分の生命をチップにして賭けるような学習をすべきじゃない。最近のAI設計はどうなっている」

目を閉じた。動くのをやめる。

「悪かった」

まつげがちょっと動いた。

「あ、あぃー。大好きです」

半分目をあけた。睨む。

「こ、今度で」

「今、すぐ、おもさん」

「おもさん？」

「たくさん、もしくは、おもいっきり」

「なるほど」

半眼からの上目遣い。

GENZは私の耳元で恥ずかしそうに愛をささやいた。二〇秒で私は得意になり、一分で笑顔になり三分でものすごく嬉しくなった。対して三分でGENZは精も根も尽き果て、床にひっくり返った。

「地獄仕様か……」

「そらもうよかけん、物理的ってなんだいろ？」

GENZは疲れた顔のまま難しい顔。いざ言われると難しいと言った後、身を起こして口を開いた。

「物理的とは、今日では辞書の意味するところとは別の意味を指す。実際と同程度の意味で使うね。現実の状況から言って、くらいの意味だな」

じゃあ実際と使えばいいのにと、私などには思えるのだが、そうなってはいない。考えてみれば自分が熊本弁をあえて使うような設定になっているのと同じなのかも。つまりはよくわからない何かの決まりだ。

「なぜ実際出来ないの？」

「〝外〟にはゲームから情報以外は持ち出せないんだ。体を持っていけないから何もできない」

衝撃的な事実だった。エリスはびっくりした。

「え、じゃあ、プレイヤーが作ったりしたものはどぎゃんなっとね。アイテムとか」

「もちろん持ち出せない」

そうなると、別の疑問もでてくる。

「なんでプレイヤーはゲームばすっと？　アイテムももっていけんなら意味がなかばい」

「アイテムが目的じゃないんだよ」

「たとえば？」

「俺ならまあ、エリスがいるし、チクワ類の観察がある」

嬉しい。上を見る。音が鳴らない。首をかしげる。前から思ってるのだけど、このフラグ、壊れているんじゃないかしら。

まあ、気を取り直す。

「うん。GENZはわかったと。ワサビは？」

「歯医者を引退してから暇で、最近は俺と一緒に遊んでる。それにやつも一応政府の有識者会議に呼ばれる程度にはこのゲームに詳しい。現首相の昔からの歯医者だったしな。政治的な思想がはっきりした信用のある地位でゲームをやっている老人となるとかなり数が限られるから、重用されている」

「政府って？」

「まあ、ギルドだな」

どうも外はギルド中心に動いているらしい。息苦しそうだ。だから観光でこっちにきているのかもしれない。それならわかる。

「んじゃあ、孫娘ってどぎゃん人？　どんな顔？　どんな髪？　背は高い？　レベルはどれくらい？」

「え、いや。具体的にどうではなく」

「種族……？」

「違う。子供の子供」

意味がわからないので首をかしげた。ゲームには存在しない話だ。

GENZはなんでそんな知識を取り除いたんだろうと言いながら、説明を始めた。

「サンドチクワはサンドチクワを生むだろう」

「え？」

エリスも驚いたがGENZも驚いた。

「生まないのか？」

「生むって、生産することだいろ。素材からアイテムみたいに」

「まあ、そんなところだ。生産したものを子供と呼ぶ。生き物は子供を生んで育てる。アンコウみたいな雌雄同体型のサンドチクワもそのはずなんだが」

実はサンドチクワは、オスメスの個体が左右にわかれて住んでいる一体型の生き物だという。抜け殻を見た時に見た、背骨の代わりの中央の隔壁は、本来オスメスを隔てるもの。

アローバードやホーンバードと比較して二倍の翼があるのもそのせいだという。

もっともこのオスメスは現代では強く結びついて器官も共有しているので、分かれて生きることはできない。それで、〝外〟ではサンドチクワが夫婦円満のシンボルとしてキャラクター化されているという。

大幅に脱線したが、サンドチクワは、構造的にサンドチクワを生めるようになっているらしい。むしろ生き物としての最低の要件として、メニュー画面を開かずに子供が作れることが条件らしい。

ちょっと、想像もつかない。

「チクワも巣穴から出てくるとじゃなか？　村人みたいに」

「いや、確かに村人はそうなんだが。あー」

GENZは思い当たることでもあった様子。椅子に座って頭をかいた。

「エリスにその知識がない理由がわかった。つまりはこうだな。巣穴から出てくるという知識と矛盾するから子供や出産という知識が消されている」

「誰から？」

「ゲームの制作者に。〝外〟には巣穴がないんだ」

「その矛盾に気づいたらどうなっと？」

プレイヤーと村人の発生の仕方が違うと言われても、なるほどそうかと思うだけで、それ以上は何の感慨もない。この程度なら、最初から知識を与えてくれていても問題ないだろう。

「矛盾に気づいたらAIが苦しむ……いや、不具合が起きると思ったのかもしれない」

「そぎゃんもんだろか。うちはなんとん思わんばってん」

「まあ、性格によっては気にしないのもいるんだろうが。あるいはそういう性格ばかりが生産されるようになったのかもしれない。今度調べてみる」

GENZは少し笑った。ようやく、光沢のある髪に気づいたか、髪をなでた。

「それで、巣穴がない代わりに生き物は自身で自分とおなじようなものを生産する機構を持っている。生まれたものが子供だ」

ということは。思ったことを口にしてみる。

「それは、プレイヤーからプレイヤーが生まれると？」

「ああ」

「GENZからGENZのごたるのが生まれてくっと？」

それは想像を絶する話だった。どこをどうやってどうなるのか想像がつかない。

「まあ、生むのは女性なんだが、そうだな。もしかしてAIには性はないのか？」

GENZの疑問に私は吹き出した。

「あるある。うちは女ばい」

「よかった」

私もよかったと思った。それはそれとして、GENZの言葉からすると〝外〟では性は趣味以外の目的もあるらしい。女性が生むとして、では男性はどうするんだろう。

「女が生むと？」

「ああ。相手というか男性と女性の情報を掛け合わせて両者に似たものを出産する。生まれたものの性別はだいたい半々だ」

「男はなんばすっと？」

「女に選んでもらうようにサービス向上に努める。オスの生物学とはサービス向上の経過を見る学問だな」

GENZは私にサービスしているつもりだろうか。私は首を振った。力なく椅子に座る。なんというか、こう想像もできない何かだった。

「モンスターのごたる」

正直な感想だった。もっとも、悪い印象は少しもない。順番が良かったと思う。GENZと出会ってアローバードやサンドチクワ、クチナワを観察して、それでモンスターに対して尊敬のような念を持った。

もしこの順番が違ったら、あるいは巣穴から生まれないプレイヤーを生むこと、出産することに恐怖を覚えたかもしれない。

GENZは説明を続ける。

「生き物は全部そうだ。サンドチクワも子供を生むはずだ。出産の場面は見ていないが、データを解析する限り、出産器官はある」

「なるほど。つまり、私たちは生き物ではないということ?」

GENZがかつて言いにくそうにしていたことを思い出して、私は尋ねた。GENZは言葉に躊躇《ちゅうちょ》したが、結局は小さく頷いて口を開いた。

「そうだ。ただ、俺はその、あーあーぃしてる」

微笑んだ。もっとしっかり言って貰いたいとは思うが、まあそれは追い追い改善させよう。口を開いて別のことを言うことにした。

「エリスは生き物になれる?」

GENZは衝撃を受けたよう。プレイヤーはそういうところが抜けている。

「でくっと?」

GENZは感銘のうめきをあげたあと、姿勢を正した。

「その発想はなかった。正直に言おう。検討したこともない。が、研究者としては面白い」

よくわからない。

「なんが面白かと」

GENZは興奮冷めやらぬという感じで立ち上がり、周辺をうろうろしている。

「これまで俺は、生物模倣工学の研究をしていた。たとえばアローバードの体の構造を模倣した超小型の国産ジェットエンジンや、シュウノウトンボの収納形式を真似たコンパクトなテントなどだ。生き物を真似て物を作っていた」

GENZは深呼吸して、エリスに告白した。

「だが、これまで真似はしても生き物そのものを作ったことはなかった。面白い。実に面白い。不謹慎だと思うが、とても面白い。もう少し早くこの話を聞いていたら退官していなかったかもしれない」

とても楽しそう。アローバードを見ている時みたい。そんな気分になるきっかけを作れたのなら、これ幸いというものだろう。嬉しい。

「エリスを〝外〟に連れていってくれると？」

「まあ、俺がゲームに入る方が早いかもしれないが」

私としては、どっちでも良かった。だからGENZに抱きついた。

最近のAIはすごいだろう

タイミング良く、あるいはタイミング悪くワサビがやってきたのはその時だった。

「おおう、取り込み中だったか。すまん」

「わかって来たろう」

ワサビは大げさな動きで否定したが、顔は否定していなかった。

気にせずGENZに抱きついて髪を撫でるようにねだった。撫でられて気分は猫のよう。

「最近のAIはすごいだろう」

ワサビはそう言いながら、酒場の椅子に座る。

GENZの様子はよくわからない。まあ、私の髪を優しく撫でているのは確かだ。それで十分。

「すごいというか、まあ、その、老人には刺激が強すぎる」

GENZの言葉に、ワサビが笑っている。

「何十年も独り身を貫いてきたんだ。扉をぶち破るくらいの打撃力がないとダメだろう」

「結婚はしようとしていたんだ。うまく行かなかっただけで」

「論文のために彼女と別れたんだったな。間に合わないとか言って」

「何十年も前のことだ」

GENZは不機嫌そう。他の女の話をするなんて。でも昔のことらしいし、エリスを撫でているので許す。ワサビはワサビで、でぶ猫を撫でている。

「しかしGENZすら落とすのか」

「しつこいぞワサビくん」

「はいはい。まあ、凄いうえに高い完成度だよな。それでいてそのAIは、人間由来で設計されてはいないんだぜ」

「ほんとか。それは」

GENZの首に手を回したまま、ワサビの方を向いた。

「人間由来ってなんだいろ?」

「プレイヤー由来って意味だよ」

私は少し考える。

「ん? プレイヤーと人間は同じことね? 人間って絶滅しとっとじゃなかと?」

「幸いにして絶滅はしていないな」

GENZが答えた。ワサビは苦笑している。

「まあ、人口は順調に減ってるけどね。人口爆発とか言っていたのが嘘のようだ。今はアフリカまで人口減に悩んでいる」

想像を修正する。となると、プレイヤーは人間なのか。

ＧＥＮＺはエリスに尋ねた。

「なんでそういう推論に至ったんだ」

「人間ば見たことなかけん」

対する答えは、至極簡単。

「なるほど。端的な推理だ。まあ、人間というのは生き物の種類を示す名前でプレイヤーは職業だ。だから両方は矛盾しない」

エリスは複数のカテゴリーが重なっていると判断した。そのように理解を示して二人を頷かせる。

「ほら、すごいだろ」

なぜかワサビがそんなことを言う。ＧＥＮＺも頷いている。

「これで人間由来じゃないのか……」

「だから、それはなんだいろ？」

質問に、ＧＥＮＺは口を開いた。

「ゲームで村人に人間のような振る舞いをさせることをシミュレーションという。原理的に一番簡単な人間のシミュレーションの作り方は分子レベルの挙動を再現することだ。だが、計算処理が重すぎて、実際にはできなくはないがやってない」

「分子ってブロックのこと?」

私の理解に、GENZは嬉しそう。

「そうそう。とても小さいブロックだ。人間は膨大なブロックで構成されているから、ゲームで処理するのは大変というわけだ。そこで次に簡単な方法として器質的シミュレーションを行う。胃なら胃、大腸なら大腸、指なら指としてその器質的性質をシミュレートして分子的な振る舞いなどは計算しない。そうやって処理を軽減して物を動かしている。ゲームのブロックも同じだな。一つのブロックは細かいたくさんのブロックで出来ているんだが、それでは処理が重くなるのでテスト環境で確認したら、このブロックはこういう挙動をすると器質的に決めて一つのブロックにしている」

説明するGENZはとても楽しそう。そんなに楽しいなら、説明する仕事をすればいいのに。

「しかし、この方式には問題がある。人権問題だ。AIには人権があると一部の団体がうるさい。法的な決着はまだついているとはいえないが、日本の地方裁判所では人権が認められたケースがある。現在ではそれを回避するために別のシミュレーション法が考案されている」

「どぎゃんと?」

　ＧＥＮＺもそこは詳しくわからないらしい。ワサビを見た。ワサビは頷いて、ＧＥＮＺの説明を継いだ。

「人間に近い、あるいは親和性の高い動物をシミュレートして、それを改良する形で人間に寄せる方法や、膨大な人間の行動記録からそれを模倣する動きを作るシャドウ法、昔ながらのプログラマーが夜なべして作る方法まで、いろいろある」

　動物の改良。私は、目を細めて撫でられている猫を見た。

　ＧＥＮＺはワサビに尋ねている。

「エリスというか、ゲームで作られているＮＰＣはなんなんだ」

「エリス、猫だった？」

　私の言葉に、ワサビが笑う。

「いや、機械学習型ＡＩだ。多層化したニューラルネットワークを使って機械学習させたものを使っている」

「なんだ。古典的なディープラーニングか」

「そうなんだがね。実力はＧＥＮＺを落としたことでも明らかだ」

「ほっとけ」

「そう怒るな。さらにその処理を軽量化するために見直しや機能削減、最適化を行って実用的なサイズ、処理負荷にまで落とし込んでいる。今じゃ何百かのＡＩなら手持ちの情報処理端末で動かせるんだぞ。凄いじゃないか」

GENZは私をまじまじと見た。

「なんだいろ？」

「いや、器質的シミュレーションで実現化しようとするのなら、意外に〝外〟に連れ出せそうだなって」

ワサビはよくわかっていなさそう。でも私にはGENZの言いたいことがわかった。GENZは〝外〟で動く体を作るに違いない。

外はどんなところだろう。どんな生き物がいるんだろう。なんだか、ドキドキする。

「しかし、ワサビ。お前が最近のAI事情に詳しいのはなんでだ。そんな趣味はなかったはずだが」

「孫に恋愛相談されたんだよ。その相手がやっぱりこのゲームのAIでね」

「子供はどうするんだ」

「心配が早すぎる。孫はまだ一〇歳だよ」

「一〇歳って一〇レベルの事？」

「まあ、だいたいそんな感じだ」

GENZは最後に私の頭を撫でて立ち上がった。

「調査の方は？」

「今、本隊が到着した。護衛として自衛隊と警視庁あわせて八〇人がつく」

「そうか。俺たちが戦う前に着いて欲しかったが。なんにせよいいことだ。敵が再度アタックしても、簡単に撃退できるだろう」

「ああ。だからGENZ、思いっきりラブコメしてていいぞ」

GENZは答えなかった。

三人で酒場の外に出た。今まで見たこともない人数のプレイヤーが村の中を歩いている。

「どんだけおっとだろ」

私の疑問に、ワサビは皺深く笑いながら答えた。

「各大学の代表もいるから三〇〇人は超えるかな。これに護衛八〇で三八〇人だ。滞在時間は限られるから一気にやるつもりだよ」

「三八〇！　ゲーム中の人が全部集まっとっと？」

「いやいや、ゲームで遊んでいる人数はもっと凄いよ。日本だけで三〇〇〇万人以上がプレイしていると思うけど」

ワサビが口にしたのは想像を絶する数だった。ちょっとした街の規模があるはずのメンフィスでも村人は一八人しかいない。

それは確かに、プレイヤーの数が基準で村、街が決まるわけだ。

「アローバードよりおるばい」

エリスのつぶやきにGENZが反応した。

「渡りをしているアローバードは推定で四億だ。プレイヤーの領域を通る途中で八割以上が脱落して、残りがここの上を通って不可侵領域へ戻っていく。出産のためだな」

「なんでそぎゃん死ぬごた旅ばすっと？」

「食べ物のせい、と言われてはいる。正確なところは実はわからない」

GENZにもわからないことがあったのか。そういうことなら、一緒に旅をして、アローバードの研究が出来ればいいな。

「俺も自分の調査をしないとな。サンドチクワが作る環境での生物の生態は、わからないことだらけだ」

気遣うようにワサビがGENZの顔を見ている。

「休んでもいいんだぞ」

「いや、やめとこう」

アイテムバッグの中身を確認しながらGENZは言った。

「いいのか」

「ああ。希望はある」

私をちらりと見た。思わず、笑顔になる。うん。希望はある。

「老人の希望ね。いや、ただ死を待つよりはずっといい」

ワサビは白衣を揺らした。

「さあ、それじゃあ何から調べる?」

どぎゃんもこぎゃんもと言いかけたところでプレイヤーでひしめき合う通りの中を、白い髪の背負い籠を持った小柄な女性が歩いていくのを見た。

「コノマだ!」

GENZにそう言って、走って追いかける。すぐに追いついた。背負い籠に触れる。

「……どなたかしら」

「コノマ! 生き返ったのね!」

あ。言葉を失った。記憶がなくなることを知っていたはずなのに、衝撃を受けている。目を伏せる。思考が停止する。そらそうたいね。こぎゃんなる。熊本弁生成エンジンが思考している。

「……ごめんなさい。人違いだったみたい」

コノマは聡明そうな顔で私を見た後、少しだけ笑った。

「そう。きっとリセット前の私を知っているのね。ごめんなさい。長くても三ヶ月でそうなるの」

うまくものが言えない。停止している論理部分を無視して熊本弁生成エンジンがどぎゃんしよう、どぎゃんしようとつぶやいている。

「あなたのせいじゃないわ」

コノマはそう告げた。いつもなら頭を撫でたり抱きついたりしてくれるところだったが、それがなかった。

コノマは微笑んで背を向けて歩いていく。思考が再開しないままへたりこみそうな私を、GENZが抱えて持ち上げた。

「嫌な思い出を捨てた代償だ。それにエリスのせいじゃない」

GENZは私を抱いたまま歩きだした。ワサビは頭を振った後、何も言わずについてくる。

悲しか。そう思ったら、涙が出てきた。すがりついて泣いた。背を撫でられた。論理部分の思考が復活する。最初に思ったのは、GENZがいるということはとても良いということだった。

「泣いてていい。何もしないでいい」

GENZは優しく言い聞かせる。論理部分は言葉のままに泣いているが、熊本弁生成エンジンは勝手に別の言葉を生成し続けていた。

「なんでコノマの記憶は消えるの？　さっき三ヶ月で消えるって言ってた。それじゃ村人と同じじゃない」

「実際村人だ。そのことを忘れているわけじゃないだろう」

「そうだけど……!!」

「記憶も思考も、生きているうちに変わっていくもんだ。ゲームの中でもそれは同じ。いや、ゲームの中は〝外〟よりずっと早い。生き物も人も、どんどん変わっていく」

GENZは遠い目をして語った。

「久しぶりに村人になった故人に会った時、遺族は気づく。NPCに転生した故人が変わってしまったことに。それは好ましくない変化かもしれない。別の伴侶を見つけてしまったかつての妻や夫の姿かもしれない。それでは困る。だからNPCになった元人間のゲーム内での記憶は定期的に消される。結果として、死者は前に進めなくなる」

GENZはつぶやく。

「そうなるともう、墓標と同じだ。動く墓標でしかない」

同じようなことは村人にももっと短いペースで起きている。GENZの言葉を借りれば村人もまた動く墓標だった。

「エリスの記憶はどうなると?」

「……基本的になくならない。限界はあると思うが。基本的に死ぬか仲間のリーダーであるプレイヤーが定期的にゲームを遊んでいる間は保持される」

GENZは抱き抱えたというよりかつぎ上げた私の尻を撫でた。変な感じ。むずむずする。

「死なないように」

「うん」

コノマから遠ざかるようにメンフィスの外に出る。数人から数十人のプレイヤーによるパーティが組まれ、砂漠のあちこちに散っていく。

「あのプレイヤーはなんばしよっと？」

「何をしているか、か？　そりゃもちろん、調査団なんだから調査だ。生き物の調査。G－LIFEの」

「GENZのごたる人たち？」

「まあ、元教え子も結構いるな」

GENZに顔が似てはいないかとエリスは目を凝らした。残念ながらまるで似ていなかった。似ていたらよかったのに。

「あんまGENZに似とらんばい」

「子供じゃないからな」

子供は似るのか。

「我が国を襲う敵は撃退され、僕たちは本来の調査を行う。サンドチクワの作った環境だっけ。お馴染みの砂岩の道のほうへ戻るとして、その後具体的には何の調査をするんだ」

猫を抱いてGENZに並びながらワサビは言った。

GENZは砂漠に生きる新しい生き物を見つけようと目を細めながら、口を開いた。

「計画ではサンボンの親戚を捕まえるのが目的だったが。実は調べたいものがあってな」

「なんだチクワ、か？」

ワサビの推察に、GENZは口をへの字に曲げた。

「まあ、チクワなんだが。サンドチクワが第四幼齢で脱皮してな」

「ああ、あの道のやつだね」

「そう、あれだ。ところがあそこでさらに第一幼齢の手前のようなサンドチクワか未発見のチクワを見つけてな。実に興味深い」

「なるほどね。まあ、何が面白いかはわからないがつきあうよ。それともつきあわない方がいいか？」

何故かワサビは私を見た。

「いらん心配は無用だ。いくぞ」

GENZは早歩きで進んだ。よくわからないが、この方法を学習すればGENZの面白い反応を見ることができるかもしれない。それはとても楽しそう。

「エリスはどんな調査がしたい？」

「うちね？」

「そうそう。うち、エリスだ。今となっては俺の助手、見習いモンスター・ウォッチャーだからな。どんな生き物を調査したい？」

ＧＥＮＺと同じ、というのが気に入った。あと、生き物を調べるというのは、確かに楽しそう。知れば、もっと尊敬のような念も持てるかもしれない。

どんなものを見ようと想像を膨らませる。クチナワはあまり好きじゃないし、ＧＥＮＺと同じことをしても意味ないだろうからチクワ類もダメ、となるとサンボンだろうか。でもピンと来ない。

考えるうちにＧＥＮＺやワサビが優しく微笑んでいることに気付いた。私が出す答えを、楽しみに待っている様子。それは、とてもいいことのような気がした。

「出産ば見てみたか。アローバードとか、サンドチクワとか」

やりたいことは、ＧＥＮＺの顔を見たら自然と出てきた。自分が生き物になったのなら、関係しそうなことを調べてみたい。ＧＥＮＺも実際に見たことはないと、言っていたし。

「いい研究だ」

「ほんと？」

嬉しい。

下ろして貰って一緒に歩いた。村の中と違って並んで歩けるのがいい。

何度も往復した場所だから、すぐに移動できると思ったが、意外と探すのに手間取った。目印がなにもない砂漠だからかもしれないが、一番の理由は村近くの道が村人たちの素材集めのために壊されたからだろう。

「待ってろよ」

一度村に戻って、角度をつけてまっすぐ歩き始める。

私には別にどうということはなかったが、ワサビにとっては退屈なようですぐに口を開き始めた。

「乱雑に積まれた砂ブロック一色の風景。たまにあるのは岩場にひび割れた土ブロック。まったく代わり映えのない風景だ」

砂漠というものは、そういうものだと思うのだが、ワサビはそれが気に食わないようだった。

プレイヤーはよくわからない。いや、GENZのことはわかるつもりだから、ワサビはよくわからないというべきか。

「ここが奇跡の地だなんて、誰が言いだしたんだか」

ワサビはまだ、砂漠に文句を言っている。

「研究者じゃないのは確かだ。まあマスコミだな」

GENZは気のない返事をした。

奇跡の地ってなんだろう。

考える間もなく、ワサビが話しかけてきた。

「エリスさんはもっと別のところに行きたくないか。北の大森林とか、空中に浮かんだ島とか、半分街になった巨大な大洞窟とか。ああ、あと滝があったたな。変な形のやつ。いろんなプレイヤーが腕を競いあって建物を作った都もある」

私はGENZを見た。GENZは視線に気づいて見返してくる。

「どうした?」

「どっか行きたかと?」

「砂岩の道には行きたいな」

「エリスもそこにいくと」

「それは疑問形じゃないんだろうな。ああ、うん」

GENZは少し恥ずかしそうに苦笑している。すぐにまた道を探し出した。私は笑顔になってワサビをみた。

「砂岩の道がよか」

「ごちそうさまでした!」

ワサビはあらぬ方向というか砂漠に向かってそう叫んでいる。意味がわからない。気にしないことにした。ワサビについては今一つ、興味がわかない。アローバードの方が興味がある。

ワサビを無視してGENZの横を歩く。手を握りたいと思って、手を伸ばした。嫌がられない。良かった。笑顔を向けた後、前を向いて歩いた。

GENZは何か言おうとして失敗した。なぜか後ろからついてきているワサビは恥ずかしそうにしている。

より正確には、ワサビは悶絶《もんぜつ》しながら歩いている。

「黙れワサビ」

「いや、呼吸にも困る有様だったから何も喋ってない」

私はGENZを見ながら口を開いた。

「二人は長いつきあいだいろ」

「腐れ縁だ」

GENZはアローバードの死骸を踏んでしまったかのような、苦い顔。

「五〇年以上だな」

ワサビは遠い目をして言った。

「学生の頃からの友人だよ。学生というのは職業でね。ゲーム的にいうと転職前からのつきあいだ」

「ふぅん。それでも喧嘩すると?」

「するなあ」

ワサビは言った。

「するする」

GENZも言った。目の前をサンボンが歩いていった。

「しめた。こっちだ。道で沢山見かけたから、恐らく近くに道があるに違いない」

実際、サンボンの行く先に急な斜面があり、すべりおりれば砂岩の道があった。ようやく、見つけることができた。

「目印か何かを立てたいところだな」

ワサビは斜面が作った日陰の中でそう言った。

足下には同じく日陰に隠れるサンボンがいる。

「ダメに決まっているだろう。ここに人の手で何かを立ててはいけない」

「なんで？」

尋ねると、GENZはしゃがみ込んでサンボンを見ながら言った。

「ここは自然保護区だ。我が国固有の貴重な知的財産であるG－LIFEを保護している」

この地のサンボンは人を恐れたりはしない。襲ってこないとわかっているらしい。だから、ワサビが近くに居ようとGENZがしゃがみ込んで喋っていても、逃げたりせずにのんびりしている。日陰では腹を砂の上に乗せて、ぐったりと休んでいた。

GENZの言葉を考える。我が国というのは〝外〟のギルドとして、知的財産とはなんだろう。

「素材でもないのに貴重な財産って、生物模倣機械のこと?」

「そうだ。さすがエリスは賢いな」

GENZは人に教える時、とても楽しそうな顔をする。

「恋人にして最後の教え子か」

ワサビが混ぜっ返した。GENZは無視した。

「外と内では速度が違う。〃外〃の一五分がゲームの一日。〃外〃の一日はゲームの九六日になる。ほぼ百倍だ。生き物の進化という意味では、もっと差がついている。一〇〇万倍くらいはついているかも知れない」

「一日で一〇〇万日。二七〇〇年くらいか」

ワサビの計算。GENZは言葉をつづけた。

「〃外〃の一年で一〇〇万年ということになる。エリス、これは凄いことなんだよ」

エリスはそういうものかと頷いた。そして覚えた。すごいとか奇跡とか、それらは全部G-LIFEに依存しているようであった。

「しかし、サンボンは親しみあるデザインだな」

ワサビは微笑みながら言った。GENZは冷静にサンボンを見分けようとしている。

「そりゃそうだろう。この種は、いやこの系統グループは元が人間がデザインしたものが生き物になったものだ」

元々サンボンは、私たちNPCと同じ生き物ではなかったらしい。ああ、これの経緯も研究したい。それともGENZに聞けば、生き物になった経緯を教えてくれるだろうか。

格納した記憶を取り出し、再生。話が途中で途切れてしまっていたが、GENZは確かにこれに類することに言及していた。

ふむむむ。と、エリスはつぶらな瞳のサンボンを見る。細い体に鱗《うろこ》がびっしり。頭は大きめ。尻尾もある。知識では、これをトカゲということは知っている。もっとも本物のトカゲは見たことがない。

「どうやって生き物じゃなかとから生き物になったと?」

「ワサビはゲームから離れていたから知らないと思うんだが、サンボンの系統は元を辿ればもっと大きな、一〇ブロック級のプレイヤーと戦うモンスターだった。色々作るのが流行っていた時期でな。一五年前になるかな……」

プレイヤーと戦うためにプレイヤーが作ったのか。村人もそうだが、ひどいことをする。

プレイヤーというか人間を嫌いになりそうになるが、打ち消す。これもまた、聞く順番が良かったというべきだろう。GENZと出会ったおかげで、プレイヤーは悪い存在だけではないとわかっている。

GENZは、説明とも思い出話ともつかぬ話を続けている。

「確か大学生が作ったんだよ。当時はまだG‐LIFEは発生したばかりで認知されていなかったが、このサンボンの先祖であるサラマンダーは単純な自己複製能力を持っていて大変な隆盛を誇ってな。凄い数に増えたんだが、ある日複製ではなく新種が生まれたんだよ。進化したんだ。生き物としてのサラマンダーの系列の誕生だ」

なるほど。子供を産むだけではだめで、進化もするようになれば生き物と。

「どうして新種が生まれたのか、原因ははっきりとわかっていない。だがここ数年でかなり答えに近づいてきている。東北工芸大の吉田さんの研究によれば、ウイルスのような何者かがサラマンダーの自己複製機構の一部にG‐LIFEの情報を運んで注入、これで情報の揺らぎが起きて進化がはじまったと推定している」

ウイルスというものはよくわからないが、情報を運ぶ何かが〈セルフ・クラフト〉にはいるらしい。プレイヤーが知らないということは自分たちで作ってないわけで、それはようするに、生き物なのだろう。情報を運ぶ生き物がいるわけだ。

生き物は、本当に色々な種類がある。生き物はすごい。尊敬する。

「実は情報の運び手を調べようとサラマンダーやその変種の変異を統計的に調べて絞り込むというプロジェクトがあってな。で、俺もそれに協力している。今のところ一番の候補は、ここ、この砂漠のあたりなんだよ」

「それでサンボンの親戚を見つけたいとか言ってたのか」

ワサビが大きくうなずいた。

「ああ」

GENZはサンボンと一緒に首をかしげて壮大なサラマンダーのお話を続ける。

「進化しはじめるようになってから、サラマンダー類は爆発的に種類が増えた。地下から地上に進出し、砂漠から草原へ、そして森へ、どんどん生息地域を広げていった。それからは一時、このゲームがサラマンダーに乗っ取られた感じだった。大きいものだと六〇ブロックくらいのモザイク・レックス種や川縁で増えた迷彩レックス種などがいてな。かれこれ一〇〇〇種近く生まれた。〝外〟で一年くらいの間の話だ」

エリスは息を呑んで話を聴き、サンボンの可愛らしい顔を見て、息を吐き出した。

「それで、どぎゃんしたと？」

「ところがその後一年ほどで、ほとんど絶滅した。というか、プレイヤーが狩りつくした。サラマンダーに苦労して作った家を壊されたりとか、そういう実害があったのも理由だが、なによりドロップされる素材やアイテムが良かった。これがまずかった。現在見るG－LIFEの素材が無価値なのばかりなのは、人間の狩りの影響が大きい」

プレイヤーに狩られない程度の、低い価値の生き物だけが生き残っている。確かに自分も同じような感じで生き物を判じていたから、これには何も言えなかった。

GENZはそっとトサカの生えたサンボンを捕まえてアイテムバッグに入れながら説明

を続けた。

「北の森林地帯では大型種が作った環境で小型種が生きていたから、中型、小型種の絶滅も一緒に起きてしまった。木々をなぎ倒す大型種がいなくなったせいで地面は暗いままで草が育たず、草を食べる小型、中型の他、草食の生き物を食べる肉食の生き物も死んだ。大絶滅だ」

生き物と生き物は相互に関係しているらしい。そんなこと考えもしなかった。

村などを人工環境というのはエリスの知識にもある。でもこの場合、大きなサンボンが作った環境はなんというんだろう。

GENZはサンボンを眺めながら口を開いた。

「サンボンは隆盛を誇ったサラマンダー類の希少な生き残りだ。餌の少ない砂漠で小型化することで生き延びた。プレイヤーも少ないのでそれも生き残りに影響した。なによりサンドチクワがな」

「でたなチクワマニアめ」

「うるさい。俺の専門だ。ほっとけ」

GENZはそう言って砂岩の道を見た。

「森林地帯でも砂漠でも、大型サラマンダー類の地位を受け継いだのが純正のG-LIFEといえるチクワ類だった。森《フォレスト》チクワが木々を食べ、サンドチクワは砂を整地して他の生き物に生息環境を提供することになった」

「G－LIFEの保護が法律で決まるのはその後か？」

　ワサビが難しいことを尋ねている。

「同時期だな。この頃生物模倣工学が国内企業の収益を後押ししていた。無視できる企業はなかった」

　不思議そうなサンボンの鼻先をちょっと押した。

「あたたちは森の王様の子孫だったとね」

　GENZはその様子を見て優しく笑った。

「そうそう。レックスというのはラテン語で王の意味でな。確かにサンボンは王の子孫だ。ちゃんと証拠もある。背中が斑《まだら》模様だろう。名前についていたモザイクも迷彩もその斑模様からきている」

　地味だが確かにサンボンの背はいろんな色が斑に組み合わさっている。まるでメンフィスの建物のようだった。

第二次攻撃

砂漠の中にあった砂岩の道は、段々と消えつつあった。

なかなか見つからなかったのも、当然と言える。風でも動かない砂の砂漠で、どうしてそういうことが起きるかと言えば、サンドチクワの第一、第二幼齢体が砂岩の道の脇を走り、それが噴き上げる砂が道を埋めていったからだ。

なぜそんなことをするのかというと、おそらくは生まれたばかりのサンドチクワを守るためではないかという。もっとも正確なところは、GENZをもってしてもよくわからない。

つまりは今のところ、誰にもわからない。


他方、消え行く砂岩の道には様々な生き物が集まっていた。日陰に集まるサンボンに、サンドチクワの第一幼齢の前だから第〇幼齢とおぼしきもの、それらを食べるクチナワ。食べ残しを狙うムギと呼ばれているパンの材料……でも動物だ……に一瞬地上にタッチして餌をさらっていくシーフバード、砂の上に綺麗な模様を作るエカキトカゲ。

中でも目立つのは砂の上に置かれている砂岩の円盤。チクワ類の中で今段々と増えているというマガリチクワ類だった。黒い盆だか皿だかが転がっているように見えるが、近づくと飛んで跳ねて人を驚かす生き物。

皿状の丸い殻を割るとU字形の姿を見ることができる。大きさは最大で一ブロックほどにもなる。

U字形までくるとサンドチクワよりさらに曲がって、口の横に総排出孔があるようになる。なんでこうなっているかと言えば、開口部を減らして防御力をあげるためらしい。敵から逃げるのではなく、じっと守りを固めることを選択した生き物。

一緒に見つかった、より原始的なマガリチクワは表面を覆う管のような殻も癒着して一体型になりつつあるところも見せてくれる。〝外〟で言う貝だね。とは、ワサビの言葉だった。

無駄なエネルギーを使わぬよう普段から砂に隠れてほとんど動かないというこの生き物、殻に覆われることで乾燥から身を守っている。この姿のどこがいいのか、私には不思議でしょうがない。

「どうやって動くと?」

「総排出孔から空気を噴き出して動くんだが、口が横についているんで吸気量は少ない。一回の跳躍で飛ぶ距離はそんなに長くはない」

「そこがよくわかってない。動かない分、食事量は少ないと思われるがそれ以上は不明だ。それで調査にきている。今回も水産研究機構から貝との比較のため研究者が多く参加しているはずだ」

ほとんど動かないので観察するのは退屈そうだと思っていたら。道の外でクチナワが暴れていた。砂岩の上の道から落ちたサンドチクワの第〇幼齢を食いちぎってばらばらにしている。

「餌はどうすっと?」

マガリチクワが転がるように集まった。

食べて、いる。ばらばらになったサンドチクワを、マガリチクワが吸い込んでいた。

「あー」

と、一緒に見ていたGENZがつぶやいている。

「マガリチクワが餌ば食べるところば見るとは、うちらがはじめてじゃなかと?」

「うん。たぶんそうだね」

ワサビが請け合った。GENZは言葉を発してない。

「大丈夫だGENZ。俺はちゃんと撮影してたから」

慰めるようなワサビの言葉だったが、私から見ると感動しているように見えた。

本当にこの人たちは、生き物が好きなんだな。

腕を組んで考える。しかし自分も見てほしい。やはりここは私も生き物を目指すべきだろう。GENZが好きなものと好きなものが奇跡の合体でもっと凄く好きなものになるのではないだろうか。

GENZはようやく唸った。

「そうかあ。こうしてたのか。いや、まてよ。ということはサンドチクワの南進には、ある程度のパターンがあるのかもしれないな」

マガリチクワ類の移動速度の遅さを考えれば、そんなに遠くにはいけないだろう。逆に言えば、サンドチクワが作る道をあてにして、近くで待っているのではないか。

そこから類推される、サンドチクワの通る道はある程度決まっているのではないかという想像。

「次来るとき、ちゃんとこの座標に来るようにしよう」

地図に記録をつけ、GENZは楽しそうに言った。答え合わせが待ち遠しい。

見れば色々な生き物がいるもので、ばらばらになったサンドチクワの中から長いものが出てきた。うねっている。歯のないクチナワのよう。親戚関係なんだろうか。

「こん生き物はなんだいろ」

「ああ。寄生種だ」

「寄生！」

ワサビが変な声をあげた。

「ああ。寄生だ」

GENZは予算がつかないから調べる連中もいないがなと言った。興味なさそう。ワサビは気味悪そうにしていた。

「ゲームにそんなもんいるのか」

「ゲームにも、だ。寄生や共生関係は自然界では比較的よくある話で、別に珍しくもない」

GENZはそう言って、砂岩の道を見る。

「サンドチクワの作った道があるだろう。ちょうどこれと同じだ。あの道を利用して脱皮したり、生きる場所にしたりする生き物がいる。生き物が生きるということはそれだけで一つの環境になるってことだ。さらにその環境に適応した生き物が生まれるのもまあ、必然だな。生き物の体を環境として生きる生き物、つまりこれが寄生だが、こういう生き物のうち皮膚に住むものは宿主より相対的にずっと小さいことになる。皮膚の内側だと大きくなるケースもあるな」

「体が痒《かゆ》くなってくる。やめてくれ」

ワサビが情けない声をだした。

「そうはいうが顔ダニや舌の苔《こけ》とか腸内細菌とか、人間は意識せずに……」

「だから、痒くなるからやめてくれ。あと舌苔《ぜったい》は仕事でよく取ってたから言うな」

ワサビがいやがるので、この話はこれきりになった。

ゲームにも、という言葉がひっかかる。つまりそれは〝外〟はゲームに似ているということだろうか。生き物がいるのはわかっているのだが。どれくらいのブロックでできているんだろう。

GENZは観察に一所懸命。邪魔するのも悪いのでそのうち聞こう。

目の端に映るものに、視線が誘導される。

「あ、虫」

「どこだ、どこだ⁉　あの逃《のが》した微小チクワだな。あれは実にサンプルが欲しい。どこだ、どこだ！」

ほんと簡単に操れそうねと思ったが、あきれるよりも心が温かくなってしまった。これもフラグのせいだろうか。

仕方ないなあと、手でふんわりと取ってあげる。

GENZは大変な喜びよう。

「もっと、ほめ……ううん、あんね」

「なんだ？」

「好きいうたら、渡すけん」

「大好きだ！」

即答だったが、けり倒した。

「なんで⁉」

「なんかむかついた」

「いや、いくらなんでもひどいツンデレだ」

抗議を無視した。

「せからしか。気が変わったけん。エリスばほめなっせ」

「ありがとうございますエリスさん。かわいいです！」

ドロップキックからのコブラツイスト。

「ちょ、おま、虫が！　いや、ギブ！」

「しらん」

関節技をかけながらそっぽを向く。GENZはどうにか振りほどき、自分で虫を捕まえようと手を闇雲に振っていた。

横目でその様子を窺っていたら、段々、腹が立ってきた。

「あぎゃん虫のどこがよかとだいろ」

「新種な上に謎が多いんだ」

「たとえば？」

細目で尋ねる。ＧＥＮＺは手を止めて説明を始めた。きちんと説明すれば協力してくれるかもと思ったのかもしれない。

「たくさんある。まずはあのサイズだ。チクワ類では最小なのはもちろんだが、あのサイズでチクワ類としての構造を維持しているのがすごい。ゲームシステムではありえないくらいすごい。どこまで構造を省いているのかが知りたい。というのも、自己複製器官はあのサイズではできないんだ。もしかしたら別に本体があるかもしれない。さらには情報保存だ。これまたゲームシステムではありえない。生き物を情報の乗り物と言ったのはドーキンスだが、あの虫はどこかでマジックをやってそれを達成している。あとあの機動性。アローバードと比較して小回りが利く、あの秘密も知りたい。まだあるぞ」

どんどん虫の居所が悪くなっている。虫だけに。ＧＥＮＺはあれ、おかしいなという表情を浮かべながら、なお一層熱をいれて説明を続けた。

「なにより謎なのはこの砂漠でなぜあの虫が存在しているかだ。サイズが小さいということは保持できるエネルギーが小さいことを意味する。どこで何を食べているのか。どうやって生活しているのか実に知りたい」

肩で息をするＧＥＮＺ。わかってくれるかという顔。褒美としてにこっと笑った後、ＧＥＮＺの足をかかとで踏み抜いて歩いた。

「なんで怒っているんだ！」

「こんわるごろが！」

「わるごろってなんだ」

「わるごろはわるごろたい」

「悪いごろつき？」

「わかっとるならわざわざ言わんと」

「いいかエリス、わかったつもりが一番良くないんだ」

今までで一番いい美少女の笑顔をGENZに向けてやった。

直後の回し蹴りでGENZは卒倒。ワサビは音もなく拍手して称えた。

「いい蹴りだった。その調子であのチクワオタクを教育してやってくれ」

エリスは答えなかった。もの凄く泣きたかったからだ。わかってはいても、すぐ自分以外のものに夢中になってしまうのは嫌だ。

「……あたも悪か」

「え。僕？」

「何千年もつきあってあーば野放しにしたとはいかん」

「あーばってGENZか。うーん。野放しか。確かに。すみませんでした」

そっぽを向く。全力で謝るまで許さない。

GENZはなおもわかっていなさそうだったが、私が不機嫌なのは理解したらしく、すまんかったー。すまんかったーとひれ伏しながら言った。その後機嫌が直るのに半日かかった。

それでもう、夜である。

日が落ちて明かりをつけて、夜通し観察。昼と夜では生き物のありようも違う。多くの生き物が積極的に動き回っている。

眠くはないが腹は減るのがゲームというもので、三人で肉とパンを交互に食べた。

トーチプランツの光に照らされて、サンボンの目が緑色に光っている。

「サラマンダー類のほぼ全滅という事態のあと、長い空白があったんだが、そのうち砂漠で色々なG-LIFEが発見され始めた」

「チクワ類ね」

エリスの言葉に、GENZは頷いた。

「そうそう。アローバードは知られていたが、続いてその親戚が続々見つかった」

「正確には、GENZがアローバードとチクワ類の関係を論文にしてから研究が進んだんだよ。ゲームについての学術論文なんてのは文化史を除けばまったくなくて、大笑いされたもんだ」

GENZを見た。沢山の人を動かしたというから、どうやら偉い人だったらしい。もっとも気にしない。気にしてやらない。GENZも気にしている様子ではなかった。

「思えばあのころから、模倣機械というよりもG‐LIFEそのものに興味が移ってきたんだな」

GENZは古き良き日々を懐かしむ笑いを浮かべた。

「今となっては退官して、これからは存分にG‐LIFEを観察できるというわけだ。もっとも、一つやってみたいことが増えてしまったが」

そう言って、こっちを見る。それが自分を〝外〟に連れていってくれることだと気づいて、私は首に抱きついた。

ごちそうさまです！　とワサビが喚いている。

これまで数回耳にしたが、その意味はよくわからない。まあ、いいかと、聞き流す。将来的にはともかく、今はGENZのことばかりが気になる。自分があと何十日か生きるとして、そのうちのほとんど全部をGENZに捧げてしまいそうな予感がある。

でも言わない。ツンデレだから。あるいはGENZがどう思うかわからないから。鬼仕様とか言われたくないから。

薔薇《ばら》のような複雑な身体のインパクトローズが肉襞《にくひだ》を広げて空気中の水分を水滴に変えている。朝になるとしぼんで砂の中に埋もれていく。

その様子を見ていたら、GENZが不意に踊りだした。

「なんばしよっと」

「脱皮だ！」

　GENZは大喜び。マガリチクワ。それがちょうど脱皮するところだった。殻を割って、するりと抜けた姿は前に見たサンドチクワの第○幼齢のよう。というよりも、まんま同じだった。

　GENZはうめいた。

「そうか。あれはサンドチクワではなく、マガリチクワの脱皮したものだったのか」

　要は間違いだったのだが、自説よりも事実を知ったことの方が嬉しかったらしい。そういうところがGENZの個性なのだろう。

　しかし。昼に見た光景では道から落ちたマガリチクワをクチナワだけでなく、マガリチクワも食べていた。同族を食べていたのかと思うと、薄ら寒い。

　私が見たところマガリチクワはクチナワを徹底的に使っているところがあり、食事の時はもちろん、身を守るのにも使っていそうだった。それでいて、自分は殻に守られてクチナワからの被害はないという、ムシのいい生活をしていた。

　こらわるごろばい。

　そう思うのだが、マガリチクワにしてみれば、生きるために必死なだけ、なのかもしれない。

　クチナワのそばで生活し、クチナワを利用するマガリチクワ。しかし、いつもうまくいくわけではない。脱皮の時に、マガリチクワは試練にあう。

脱皮したてのマガリチクワは名前に反して曲がっていない。まっすぐで、かつての祖先たちを思わせる格好だ。それが砂岩の道を削りだし、新たに殻を作っている。

「おお。こ、これは貴重だな！　夜に脱皮するのは乾燥や日差しから身を守るためか」

マガリチクワは削った砂岩に口から出す粘液を加えて器用に新たな殻を作っている。

「甲殻類や昆虫と違う脱皮だな」

ワサビがそういうと、ＧＥＮＺは興奮気味に頷いた。

「面白い。実に面白い」

〝外〟の生き物とは、全然違うらしい。大変な喜びようだった。

「これは比較生物学者たちに一大テーマを与えることになるかもしれないな」

「ＧＥＮＺ、医者にもわかるように話をしてくれ」

「おお、ワサビ。よくぞ聞いてくれた。なぜ現実では甲殻類や昆虫の脱皮の方式しかないのか、このマガリチクワみたいな脱皮では駄目なのか、そういう疑問が湧いてこないか」

「来ないな」

「来んねえ」

私もワサビに追随した。余りにＧＥＮＺが喜ぶので、少々腹が立ったのはある。ＧＥＮＺはそうかぁといいながら観察に余念がない。

「エリスさんが寂しそうだぞ、ＧＥＮＺぅ」

「あー。ワサビくんは心配せんでよろしい」

ＧＥＮＺはマガリチクワから目を離さずに、小さく手を出して、おいでおいでと私を呼んだ。あるいは呼んでいるような動作をした。手を重ねると、少しだけ微笑む。

「こぎゃんことで満足とかは、せんけんね」

心中と異なることを言うとＧＥＮＺは笑って、後でなと優しく言った。まったくとんだ変態だ。それでちょっと優しくされたからって喜んでいる私も変態だ。

まあ、この観察が終わったらおもいっきり自分の相手だけをするように命令しよう。ＧＥＮＺを見る。遥か向こうが一瞬明るくなるのが見える。顔を見合わせ、様子を見るために動き出す。

砂の斜面の上に上がりたいがクチナワがいるかもしれず、それで大きく迂回してから斜面を登ることにした。クチナワは生き物が多いところにしかいない。

斜面の上で、風を感じる。遠く、地平線の向こうが明るく光っている。

「何か燃えているんじゃないか」

目を細めて言うＧＥＮＺ。私は風に揺れる髪を手で押さえながら、ＧＥＮＺと光を交互に見た。

「随分と迂遠な言い方だ」

る。

　ワサビが口を開いた。

「ありゃ、メンフィスの村だろう」

　何が起きたのか、いや、普通に考えて火事だろう。村の建物の多くは可燃物でできてい
る。

「様子見に行くか」

「大規模な攻撃を受けている可能性がある」

　ワサビに対してGENZはそう言った。

「いや、ゲームシステム上、プレイヤーの手で村を攻撃は出来ないから」

「なら、なおのこと慎重にいこう。何が起きたかは現段階ではわからないが。あそこには、調査隊の本部があって、八〇人からなる護衛部隊もいる。人数だけなら一五〇人はいるだろう。俺たちは援軍としては距離が離れすぎている上に数が少なすぎるし、それ以外の問題だったら、近づかない、というのも一つの生き残り策だ」

　GENZはそう言って、光を見た。

「……とりあえずは、問い合わせからだ」

　前回と違って、ひどく慎重な動きだった。どうしたんだろう。

「前と違うばってん、どぎゃんしたと？」

「どうしたのかと言われればそうだな。状況が変わった。というのが一番正確だ。前に戦

ったときは、敵はハッキングで侵入し、こちらには逆にログインできない……ゲームに入れないように……攻撃をしてきた。恐らくはログインサーバーを飽和攻撃したんだろう。敵はそれでもう十分だと思っていた節がある。おそらく敵は我々引退組が先行して入っていたことまでは摑んでいなかったんだろう」

GENZはそこまで言った後、つぶやいた。

「だから、急いで奇襲した。G‐LIFEを使った横槍からの敵の想定外の攻撃。それで勝てた。だから勝てた」

思ったよりずっと思慮深い話だった。実際GENZは知識から言って思慮深いはずなのだが、あの時は単に無謀だと、思っていた。

「正直に言おう。敵がバカでないのは今までの手口から判明している。応急対策や保険をかけるくらいはやるだろう。あの光が二次攻撃だとしたら、二次攻撃を仕掛けることができるくらいの入念な準備と戦力の集積を行っていたということにもなる。戦いは準備が九割だよ。残りの一割でひっくり返せる可能性は低すぎる。次に戦ったら俺たちは相手にもならないで一方的に負けるだろう。蹂躙《じゅうりん》される」

頷き、肩を回すワサビ。

「昔やってたゲームを思い出すな」

「ああ、そうだ。我々はそこで戦争のやり方を教わった。負けていい戦いなど一つもないこともな」

「よしやるか。FPSで鍛えた腕を見せてやる」

やる気満々に歩き出すワサビ。

「いや、だから、まずは問い合わせと情報収集だって」

GENZがたしなめた。

ワサビは戻ってきた。

「ま、医者が戦うのもなんだしな」

「そうそう。やるにしても仕方なく、だ」

それにしても、ここまでのやりとりで、GENZは私の方を一切見ていない。これまでの行動からすると不自然だった。

GENZとワサビがメニューを開いて通信をしている間、GENZについて考えた。正確には、それしか出来ない。現段階では、手伝おうにも何も出来なかった。

フリーズ判定が立たないぎりぎり、九秒五〇考える。

プレイヤーは不死なんだから、とりあえず見に行くくらいはしてもよかったはずだ。

GENZが私を見なかったのは、おそらくワサビに私の存在を思い出させないためではないのか。

たぶん、GENZは私の心配をした。私は不死じゃないから、GENZは配慮した。

本当だろうか。自分でもちょっと信じられない推論だが、熊本弁生成エンジンはそれが正解ばいと意見を述べている。それにしても熊本弁生成エンジンは言語を出力するだけなのに、最近うざい。

「連絡は取れるな。攻撃かと思ったんだが」

独り言のようなワサビの言葉を聞きながら、ようやくGENZは私を見た。

「村が襲われて、炎上しているようだ」

「え、ばってん攻撃じゃなかといま言っとったばい」

「敵の攻撃ではないという意味だよ」

私は首をかしげた。

「じゃあ、誰が攻撃しとっと？」

攻撃主は、サンドチクワの群だった。成齢のサンドチクワ、つまり長さ二五〇ブロック以上、幅四〇ブロックに及ぶ巨大なサンドチクワたちが数十の群れになり、すごい速度で村を踏みつぶしているとのこと。

「成齢になってない一匹でこの道が出来たんだ。それが一斉に動いたとなると、大惨事だな」

ワサビが呆然と言った。

「成齢のサンドチクワは大和級の戦艦と大体同じくらいの大きさになる。仮に一〇体横に並んでいたらそれだけで幅四〇〇メートルだ。高さは低く見て二〇メートル。七階建てのビルが一〇個突撃したら無事じゃすまないだろう」

「メンフィスはどうなんだ」

「吹き飛んだらしい」

可哀想なコノマ。心の中でそうつぶやいた。可哀想なコノマ。生き返ったのにまた死んじゃうなんて。

前の前のコノマの最後の言葉を思い出す。何度も死ねることは、いいことなんだろうか。

「これまでサンドチクワがこういう行動にでたことはあるのか」

「ない」

GENZは頭を激しく掻いた。今まで見たことないくらい激しく掻いた。

「そもそも村を攻撃できるなんて聞いたことがない。ゲームシステム上、生き物は村を攻撃できない。だが、攻撃できている。もうこの時点で、かなり謎だ。しかし、それ以上に……」

GENZは意味不明なことをわめいて砂を踏み鳴らした。ここの砂は、踏むとキュッという音を立てる。鳴き砂だ。

「くそ、日本どころか世界随一のチクワ類専門家の俺を出し抜いたやつがいる!」

「悔しいのか」

ワサビが言うと、ＧＥＮＺはフェイスモーションキャプチャを切ったよう。表情が消えた。

「いや。犯人がだいぶ絞れた気がするな。中国語を使っているとかいう話だったが、ありゃ偽装だろう。俺を超えられるといえば俺の教え子くらいのもんだ」

表面上、けろりとＧＥＮＺは言った。悔しさを長い経験で完全に抑え込んだような風に見える。

「しかし愛がない。サンドチクワにあんなことさせるなんて、まったく生物に対する敬意や尊敬、愛がない」

ＧＥＮＺも生き物を尊敬していることに、ちょっと嬉しくなった。まあでも、そうよね。ずっと見ていれば、そういう気持ちにもなる。

「弟子に負けるのはある意味幸せっぽいが」

「こんなことをする奴に負けるわけにはいかない。教育が必要だ」

ＧＥＮＺはそう言ったが、動く気配はない。策がないのかもしれないし、それともやっぱり、私が死ぬのを嫌がっているのかもしれない。

いや、策がなくてもとりあえず動くことはできるはず。それをしないのは、やっぱり私を死なせたくないいんだ。

それはとても嬉しくて、私にとって最大の利益が出る決断のはずだったが、何故か心は浮かれなかった。

なんというか、悲しくて、悔しくて、もどかしい。

状況が逼迫《ひっぱく》しているせいか、プレイヤーと比較して高速な私の思考でも、会話に追いつけていない。いったん会話に集中する。

ワサビが、情報収集して得た状況を説明しはじめた。

「本部にいた調査員の多くが死んで今は再配置待ちだが、まあ、時間内には調査に戻ってこれないだろう」

プレイヤーは死んだら最後にベッドに入った場所に再配置される。多くの調査員が酒場の二階に泊まる形で再配置場所を選んだはずだが、今回の場合、村そのものがなくなってしまっている。そうなるとどうなるか。

「どうなっと？」

「かなり遠くに飛ばされるな。ここから一〇〇万ブロックは離れた南の都まで飛ばされるだろう。ここに戻るまでかなりの時間がかかる」

ＧＥＮＺがそう答えた。数日では戻ってこれそうもない距離だ。

「映像きた」

ワサビが手を広げてメニューのような画面を大きくした。宙に浮いた半透明の四角の中に、遠くの映像が浮かび上がる。

近くにいて駆けつけた調査員の視覚だろうか。メンフィスで一番高い建物である酒場より、ずっと大きなサンドチクワがいくつも炎の光で浮かび上がっている。巨大な口で何もかも飲み込みながら前進。炎すら飲み込み、今酒場を崩壊させている。何人もの人が逃げ出そうとしているのが見えた。村人は逃げることもせずにサンドチクワに吸い込まれ、あるいは吹き飛ばされてしまっている。

村が、なくなる。

私は呆然とその光景を眺めた。村が、なくなる。いや、もうなくなった。これは記録映像だ。最後まで残った建物も踏みつぶされて呑まれていってしまった。

プレイヤーは再配置が変わるだけでいいが、村人はそうはいかない。村を構成する建物がなくなれば、ゲームシステムは村人の再配置をしなくなる。

終わった。メンフィスが終わった。まさかその光景をこんな形で見るなんて。

GENZが表情を復活させた。手を引いて、見ないでいいんだと言って私を抱き寄せた。嬉しいと思うが、ちょっと困る。薄情かもしれないが、感慨はあっても悲しみはない。村人の運命なんてそんなものだというあきらめもある。あーあ、と思うが、それ以上ではなかった。それに、もとより知り合いはクチナワと敵のせいで、皆死んでいた。今更、あえて悲しむような相手もなかった。

とはいえ、乏しい思い出の土地が跡形もなく整地されているところを見ると、呆然とする。あるいはこれも悲しい、というものかもしれない。悲しみにはいろいろな種類があることを知った。

「どうする？　行ってみるか」

ワサビが尋ねた。

「判断が難しい。攻撃か攻撃でないのか。専門家としては見に行きたいが」

GENZは私を見る。意見を聞きたいのだろう。私は少し考える。自分はなぜもどかしく思っているのだろう。

私はGENZの腕を取って自分の頬につけた。答えがわかった気がした。

「エリスのことなら、あまり心配せんでよかと」

私はGENZに、思い通りに動いて欲しい。これは私の利益に優先する。

「いや、俺やワサビは死んでも再配置するだけだが、エリスはそうはいかないから」

やっぱり。私はGENZの顔を見て微笑んだ。歯を見せて、なるべくブスな顔をしてみせた。

「そぎゃん心配はいらんと」

「ツンデレか」

「そうたい。ほら、あたはあたの仕事ばやりなっせ」

GENZは迷った後、悩みながら少し微笑んだ。

「あくまで調査が仕事だからな。危なくないようにやろう」

「……成長したな、GENZ」

「うるさい。行くぞ」


村の跡地に向かうのは難しくなかった。なにせ、燃えている。行く先がはっきりしていたのでさほど悩むこともなく走ることが出来た。

走りながらパンを食べる。ワサビが言うには、〝外〟ではこういうことは起こらないし、やりもしないらしい。ではなぜ〝外〟とゲームで違いが出てしまったのだろう。

村の外れに到着する。風避《かぜよ》け、アローバード除《よ》けをかねる砂丘を上りきり、村の跡地を見下ろした。

村を踏みつぶしたのは一時間以上前のはずだったが、見上げるほど大きなサンドチクワがまだ列を作って走っている。見えるのは四〇ほどにせよ、総数では一体どれだけの数があるのか。速度はプレイヤーや仲間が走る速度よりは遅いが、正面から避けるのは、幅がありすぎて困難に見えた。

「こいつは砂漠の景色が変わってしまうほどの大移動だな」

GENZが端的に言った。集団で動くサンドチクワの幅は一〇キロブロック以上になるように思われた。そこが砂岩の道というより砂岩の帯《おび》となれば、一気に生き物の生活環境が変わってしまうだろう。マガリチクワが外側から砂岩を削っていったとしても、元の砂漠にもどるまでどれだけの時がかかるかわからない。同じように見えても砂漠の環境は大きく壊れた。

「ゲームとはいえ勤労意欲に燃える。生存者を救出、治療してくる。GENZはエリスさんを守ってくれ」

ワサビの言葉に、GENZは不満そうに眉を上下させた。

「言われなくてもそうする」

「ああ、そうしてくれ。もしかしないでも、お前の残りのクオリティオブライフに大きな影響を与えうると思う」

ワサビが真顔で言っている。GENZはワサビに負けず劣らず、真面目な顔で答えた。

「それについてだが、びびってると言ったらどうする?」

「……実にお前らしい」

GENZは死んだような目。ワサビは笑って白衣を翻《ひるがえ》すと、村の跡地に走っていった。

GENZを見上げる。GENZは横目で私を見た。

「今のやりとりは、何?」

「時々熊本弁でなくなるな」

「今のやりとりはなんね？」

「言い換えなくていいから。あー」

GENZは困った顔の後、小さい声で言った。

「ここだけの話なんだが、人を好きになるのって怖いもんだな。エリスが死ぬことを考えると、もう怖い。戦いたくなくなる」

「うん」

「エリスも怖いのか」

「怖か」

GENZは少し頼りない笑顔を向けた。

「笑わん」

「度胸がない年寄りだって笑うなよ」

私だって怖いんだからねという顔をして、エリスはGENZの背中を押した。

「そらよかけん、仕事ばしなっせ」

本当はもっと相手をして欲しいのだが、なんだかとても恥ずかしい。なので、ごまかし。

「ああ、うん、そうだな」

GENZも同じことを考えていた様子。気持ちを切り替え自分の額《ひたい》に手をやっている。

「さて、どうしたものか」

「なんば迷いよっと?」

「あのサンドチクワを後ろから追いかけて行きたいんだが」

「行けばよかたい」

「エリスの安全を確保するため、仲間から外して別れたいんだが、この村の状態では別れられない。酒場がない」

「こら」

エリスは怒ったが、GENZはその方法が一番エリスを守れるんだと言って反論した。嫌いなのかと言われると、大事だからだという返事。

置いていく、ついていくの押し問答の後にらみ合い。気づけばサンドチクワの群れは遠くへ去っていこうとしていた。

「まあ、遠くからでもついていくか」

「エリスば気にせんといきなっせ」

「気にしないと怒るくせに」

「うん。怒る」

二つは私の中で矛盾しないのだが、GENZはそれがわからない。結局GENZは私の頭を撫でて、それで追跡を開始した。基本的には砂岩の帯に沿って走る。ただそれだけ。

人間の方が移動速度は速いとはいえ、追いつくのにしばらく時間が掛かった。

走りながら、話す。〝外〟ではそんなことも難しいという。

「サンドチクワは何で暴走したと？」

「サンドチクワに何かを与えたのは間違いないんだが、それが餌なのか、薬物なのかはわからない。有害なものを取り込んだチクワ類は速度をあげて別のものを取り込んで、排出しようとする癖があるから、それを利用しているんだとは思う。問題はこの数だな。どうやって集結させたのか」

「そぎゃんと？」

私にとって、サンドチクワといえばたまに砂を上に噴き出しながら進んでいるのんきな光景しか思い浮かばない。よくよく考えてみればどんな生き物かも、よく知りはしなかった。なにせ普段の生活にはちっとも関係ない。動く背景みたいなものだった。

「そうなんだ。こんな集団、エリスも見たことないだろう」

「うん。でも、エリス生まれてから一四日ばい」

「そういえばそうだった。サンドチクワは本来もう少し北の砂漠で家族単位で回遊している。特に他の生き物やプレイヤー、あるいは村を襲うわけでもなく回遊しているだけの生き物で、人気があって観光しにくるプレイヤーもいる。それに対して狩ろうとするようなプレイヤーは全然いないのが現状だ」

「回遊？」

「ああ。調査はきちんと出来ていないが、不可侵領域からここより北の砂漠の端にいたるまでの結構広大な範囲を四、五匹の家族単位でぐるぐると回っているらしい。おそらく餌をもとめて移動しているんだろう。砂ブロックの何を栄養にしているかはまだ研究されていないが、北にはより多いらしくてこっちや不可侵領域にはあまりやってこない。推定では、おそらく南に……不可侵領域に行くのは出産のためではないかと思われる」

「ああ、自分ばつくりに」

「自分のようなものだな」

生き物になってみたい私としては、いつかは自分も自分みたいなものを作ってみたい。男女で掛け合わせるという話なのでGENZにも手伝って貰わねばならない。

それにしてもサンドチクワが何を食べているかは誰でも気にしそうな話なのだが、そちらは全然研究されていないという。理由は研究予算がつかないから。G-LIFEの模倣できそうな部分の研究にばかり予算が下りているのが現状だという。

「見えた」

GENZの言葉に意識を戻す。並んで走るサンドチクワの背中が見えた。砂に埋もれるのもあきらめたような、小山のような個体も見える。

「成体だけではない。幼体もいる」

大きいのが成体なのだろうと、私は勝手に決めつけた。だって、偉そうである。ついでにいえば背の上に緑があった。木と草と苔が生えている。本当に山が走るかのよう。

背中の上

山が走るという目の前に広がる光景に目を奪われながら、口を開いた。

「ついたけど、どうすっと？」

「さて、どうしたものか」

真面目な顔でGENZはそんなことを言う。まあ、とりあえず駆けつけた、ということなんだろう。私にも手伝えるかもしれない。一秒考える。

「ここに来た目的はなんね？」

「サンドチクワの観察」

「サンドチクワの何を調べると？」

「今はあの異常な行動の原因が知りたいな」

「どぎゃんすっとね」

「それを今……ああ、思考を手助けしてくれていたのか」

「そうばい」

エリスは賢いとGENZは誉めた。誉めた後で、よし、後ろからぎりぎりまで近づいてみようと言った。

後ろからなら、危険はないだろうという判断である。これが横からだと総排出孔から噴出される砂で無事ではすまない。

さらに走って、手を伸ばせば触れることも出来そうな距離まで近づく。走るサンドチクワの音たるや近くに寄れば大変なもので、これまで風の音と思っていたものはどうやらサンドチクワの排気音であることがわかった。

「いや、ここで言う排気音は排砂音というべきか」

「なんばいいよっと!?」

怒鳴った。GENZは首をかしげている。さもありなんという、音の奔流である。

どうするかと思っていたら、GENZはタイミングを合わせて背中に跳び乗った。こちらに手を伸ばしてくる。

その顔と手を見た後、覚悟を決めて速度を上げた。跳ぶ。跳ぶより走る方が速いらしく、おいていかれそうになる。失敗。追いつくために長い距離を走って跳んだ。今度はうまくGENZの腕の中に跳び込むことが出来た。

「今のは俺めがけていなかったか?」

GENZが耳元で怒鳴ったが、聞こえないふりをした。この手は使える。

GENZはアイテムバッグ2から耳栓を取り出してくれた。モンスターが叫んだときに硬直するのを防ぐもの。つけると音が消えて急に静かになった。

GENZは大丈夫なのかと、身振りで示す。大丈夫と頷いて見せて、そのまま背をよじ登りはじめる。

背は、家が建てられるほど大きい。

実際に家が一軒、立っていた。木の横、陰になる位置。ちょうどメンフィスのように、有り合わせのブロックで適当に作った家。

GENZと顔を見合わせて、お互いによく意味の通らないジェスチャーをしあって驚きを表現したあと、意を決して中に入ってみることにした。

私が先に行こうと大股で歩いたら、GENZによって後ろに追いやられた。守ってくれるらしい。

守る、守るですって、なんて偉そうに。

でも、すごく嬉しい。飛び上がりたいほど嬉しい。なんだかよくわからない喜びで心を一杯にして、GENZの腕に掴まった。これだけはしっかり作ってあるドアをGENZが開ける。

「ぎゃー！　プレイヤー！」

予想外の声だった。いや、人家の中に誰かがいたらそれは人語を喋るだろうとは思っていたのだが、耳に聞こえたのは予想よりずっと、大衆的というか、下世話な言葉だった。

あわてて耳栓をはずした。

「む、村人？」

ＧＥＮＺが部屋の隅でおびえる男の頭上に表示された名前を見ながら言った。名前はじいさんというらしい。

男は白い髭で、禿げ上がった頭をして、頭をひっくり返しても通用しそうな皺深い顔だ。レベル表記のない村人で、本当に街や村に配置されている元々の私と同じ村人だった。

何を話そうか、目をぐるぐるさせている。あるいは何かをごまかそうとでも思っている。

「あ、あー。ようこそ背中の家へ。ここに人が来るのははじめてじゃ」

「あんたは人じゃないのか」

「これは遥か昔、ＲＰＧというものが生まれた頃からの伝統的な台詞なんじゃ」

小さな目を瞬《しばた》かせてじいさんは言った。ＧＥＮＺは難しい顔をした。

「この非常時に何を……いや。村人に言っても仕方がないか。あー。昔のＲＰＧ、というならあんたは最後の武器をくれる賢者か何かか」

「武器はやれんのう。だが、助言という武器ならやれるかもしれん。なにせ長いこと生きておるからな」

襲われないと思ったのか、部屋の隅から出て、椅子に座った。椅子に座る様子から見て、元々はプレイヤーだったのかもしれない。ゲームでは座る必要がないというか意味がないが、元プレイヤーに限っては、すぐに椅子に座りたがる。コノマもそうだった。

「長生きって？」

「記憶リセットのためにゲームシステムから何回、どれくらいの間殺されていたのかはわからんが、その上でこの背に来てからという話であれば五〇〇年じゃ」

「嘘。GENZ、こん人は嘘つきばい」

だって、五〇〇年も村人が生きられるわけもない。それこそゲームシステムに殺されるはずだし、なによりこの場所では代わりを送り出す巣穴がない。嘘だ。

だがじいさんは、黙って次の質問を待っている。

「どうやって五〇〇年の時を？」

じいさんは後ろの本棚を指さした。

「わしは死んでも、本は残る」

「なるほど。死んで再生成されるたびに本を……」

「復活の呪文じゃ」

GENZは頭をかいた。

「そんなアナログな方法で記憶のリセットを乗り越えられたか……」

じいさんは笑っている。

「AIは本を読むのは一瞬じゃからの。今では死は、軽い記憶喪失程度のもんじゃよ」

「……すごいな」

「生き物ほどではないよ。この世界の生き物はもっと、もっと凄いことをする」

GENZはじいさんにフラグが立ったような顔をしている。

私はGENZの背中をつねった。我に返った。

「とても興味深い話なんですが、今急いでいるんです」

「ここが揺れている関係かね」

「ええ。サンドチクワが暴走しています」

「異物を食ったんじゃろう。異物を排出するために、チクワは物を食べる」

「それが、単体ではなく集団暴走なんです」

「集団で異物を食ったのではないかな」

「集まってきています」

「チクワは不調の仲間を心配して近づいてくる習性がある」

GENZは小さくうめいた。

「なにか？」

「今日はいろんな人に負ける日だと思ったまでです。第一人者と己惚《うぬぼ》れていたのが恥ずかしい」

「自分が一番ではないとわかってからが、人生は楽しい」

「もう少し若ければ、そうも思えたんですが」

じいさんは後ろの本棚をちらりと見た。ＧＥＮＺは何かに気づいて目を見開いた。

「なるほど」

「そうじゃな」

よくわからないやりとりだった。

ＧＥＮＺは立ち上がる。

「大変ためになりました。暴走したメカニズムはわかりました」

ＧＥＮＺが立ち上がって頭を下げようとした瞬間、机が飛び上がった。もとい、椅子も戸棚も本棚も飛び上がった。

ＧＥＮＺは私を抱いて床に転がった。後頭部をしこたま打った。一〇〇ダメージくらいは私も受けた。

「なんだ、なんだ」

二人が同時に腕を立てて立ち上がると、そこにはじいさんの死体が転がっていた。倒れてきた本棚に背中を押されて、それで死んでしまっていた。

死体と目があう嫌な経験をしてしまった。

じいさんが素材を落として消える。ＧＥＮＺを見上げると、ＧＥＮＺも呆然としていた。

こういうとき、どうすればいいのだろう。じいさんの死でダメージを受けている自分の気持ちがよくわからない。熊本弁生成エンジンも黙っている。

「こういう時、どうすっと?」

「え?」

「人が死んだとき、プレイヤーはどうすっと?」

「ゲームではどうかな……〝外〟では死を悼《いた》むかな」

「なんだいろ」

「悲しみ、嘆く」

そうなのか。GENZは私が死んだら、呆然とせずに悼んでくれるだろうか。それとも
……

「悼む時はどうすっと?」

「〝外〟では祈るね」

「どぎゃんすると?」

GENZは死体のあった方へ頭を下げた。

私も真似をした。でもこれは挨拶の気がする。

悼む間にも、また揺れた。家が半分に割れる。冗談のように前後に割れた。まっぷたつ。

凄い音が聞こえてきたが、これは下からの苦しげな吸気音だった。

二人で外の風景を見た。いつのまにか明るくなっていて、空には雲まで浮かんでいる。

ブロックで出来た、雲。

「砂漠に雲が……」

「砂漠だってたまに雨が降る。雨が降るなら雲だってあるだろう」

「雨」

雨って、どんなものだろう。

GENZはしばらく考え、自らを苦笑して、それから私の頭を撫でた。

「ありがとう。気を使わせたな」

「あの、うちが死んだら悼んでくれる？」

「死ぬな。さっき対応策貰ったんで、将来的に対応はできるようになると思うが、今はダメだ。とにかく死ぬな。絶対だ」

そのうちまた大きく揺れて投げ出されそうになり、GENZに腰を摑まえられて支えられた。

私はGENZを見た。GENZは私を見ている。GENZの瞳の中に私の姿が映っている。なんだか自分ではないみたい。ひどく何かを欲しそうな顔をしている。

GENZが素早く唇をあててきた。よくわからないうちにGENZが離れる。

「音が止まった」

「……今の、何？」

GENZは力つきたように倒れた。

「今度は何？」

「いや、罪悪感に打ちひしがれた」

上を見上げるGENZ。私もつられて上を見た。

「もしかしてあれ、愛情表現？」

「いや、事故だ」

GENZがきりりと立ち上がったので、とりあえずエリスは蹴り倒して床に転がした。

あ、またレベルアップした。音が流れている。

「そう、そうなんだ。外の音が消えた」

それどころか、動きもなくなっている。風景が流れていない。二人して、横に泣き分かれた、いや割れた家の隙間から外に出た。急がないといけないのに、GENZは本棚の本を全部拾ってバッグに入れた。いつか再会できた時のため、とか言う。

大きく開けた空に地平線まで続く砂漠。高いところからの眺めは格別にいい。しかし、足場が悪い。金属のような音を立てて足場が傾いた。後ろの家が倒壊する。GENZは私をかばってやり過ごした後、仮の大地であるサンドチクワの殻がおかしいことに気づいた。

「殻が」

「サンドチクワは昼寝さしたとね」

「いや、そんなかわいいもんじゃない。殻が、というよりは中身がなくなっている。ここは崩れるぞ。飛び降りよう」

高さ二〇ブロック。たとえ下が砂漠でも、飛び降りるのは勇気がいる。ランダム要素も入るので落下ダメージがどれくらいかはわからない。レベルが高くないエリスにとっては、かなりの難題だった。

死んだじいさんの恨めしい顔が脳裏ならぬ格納裏に浮かんで、それで足がすくんだ。

「エリス……？」

GENZは私を悼むだろうか。

「怖か」

GENZは即座に下を見た。

「落下しても死なないとは思うが」

「でも怖い」

GENZは激しく頭を掻いた。

「これ以上俺にフラグ立ててどうするんだ」

「フラグが立っとるのはエリスばい」

「いいから、ついてこい。一緒に跳んでかばってもダメージは等しく受けるだろうから次善の策だ」

ＧＥＮＺはそれで殻の節目から節目へ、段々尻尾のほうへ飛び移る作戦を実行に移した。尻尾の方がどんどん低くなるので、ダメージも減っていくという計算だ。

四回目くらいの跳躍で足場が倒れて砂の上に落下したが、幸い即死とはならなかった。そして即死にさえならなければ、どうにかなるのがゲームである。食料を食べながらじっとしていれば、回復はする。ついでに回復速度をあげる包帯もある。

「しかし、昼の暑さによるダメージで自然回復が追いつかないといけないからな」

ＧＥＮＺは砂まみれの私を抱いて、殻の中に入った。髪形変更。なるべくかわいらしく見えるように、ツインテール。

空っぽのサンドチクワの中は、日陰になっていて比較的涼しい。砂の混じった風もない。

「なんで髪形変えたんだ？」

そんな事を言うＧＥＮＺにお姫様抱っこされている自分が恥ずかしくなり、頬を殴った。

「なんで!?」

「なんかわからん」

「聞いたこともない酷い理由だ。あれか、やっぱりあれがいかんかったのか」

あれって何と言いかけて、私は自分の唇に触れた。

ＧＥＮＺが土下座してすみませんすみませんと言っている。意味がわからない。いや、もとから意味がわからない存在だったが、今日は特にわからない。

それどころか自分もよくわからない。なんで悼んで欲しい気分になったり、怖くなったり、恥ずかしくなったりするんだろう。ツンデレのせいだろうか。違う気もする。

GENZは、まだ土下座を続けている。

その姿すら、なんだか恥ずかしく見えてきた。

「もうよかけん。仕事しなっせ」

そっぽを向いて言う。

GENZは、ハイタダイマなどと意味不明のことを言って殻の内側を調べ始めた。頭を捻る。

何か、不思議なことでもあるのかもしれない。声をかけようかとも思ったが、やめた。

恥ずかしい。

恋の悩み

恥ずかしい、恥ずかしい。私はおかしい。

今、何でもかんでも恥ずかしい。なんだろう、これ。恋愛フラグがらみかと思いきや、フラグが四つ立ってからこっち、壊れたんじゃないかという感じでウンともスンとも音が鳴らない。一応の用心でメニューを呼び出し、自分のステータス画面を覗いてみたが、立っているフラグはやっぱり四つだった。何かが起きているから五つ揃ったと思ったのだけれど。

じゃあ、この気持ちは、なんだろう。

それにしても。腕を組み、お行儀悪くもサンドチクワの殻の中で胡座《あぐら》をかいて、薄目の瞳を横に滑らせながら私は考える。

それにしても、なんでフラグが五つ立っていないんだろう。

比較対象があるわけではないが、GENZと私は結構仲が良いように思える。もう凄い関係だと言えるのではなかろうか。にもかかわらず、フラグは四つ。何度数えても四つ。一つ足りない。

今は緊急事態というが、私にとってはこっちの方が重要な問題だ。だって、悼んでほしい。ワサビに相談するという手もあるが、なぜか確信として絶対役に立たない気がした。

相手もいないのにそっぽを向く。急に不安になる。

何でフラグが揃わないいんだろう。さっきからそればかりだ。

目を瞑り、自分について考える。自分はどれくらいGENZが好きなんだろう。五点満点中の何点?

満点だと思う。口には絶対しないけど、満点だろう。彼の膝の上に置かれて冷静に振る舞うのが酷く苦痛だった。それくらいには、好きだ。

でも最後のフラグは立たない。なぜだ。

GENZに文句を言いたくなって、不意にありもしない心臓が跳ね上がるような、そんな気分に陥る。胸に手を当て、考える。目の動きを自分で制御できない。視界が揺れている。

恋愛フラグというものは、私の気持ちだけで成立するものではないのかもしれない。

GENZの気持ちもフラグ成立に必要なのではないか。

GENZに嫌われているかもしれない。あるいは騙されている。あるいは自分ほど好きではない。どれも許しがたい。

これはもはや、致すしかない。

つまり至らせるしかない。フラグは立てられるものではなく立てるものだったのだ。決意とともにゆらりと立ち上がったところで物音に気づいた。金属をぶつけ合うような音。

慌てて音の方に向かうとGENZと無表情の黒い布を頭にかぶった敵プレイヤーが、一対一でPvPしていた。つまり戦っていた。これ以上ないほど真剣な顔。

敵は前にアローバードとクチナワで倒した時と、同じような姿だ。というよりも装備も含めて同型だ。でも、レベルはあの時よりかなり高いように見える。武器は少し曲がった剣。GENZの武器は短剣だった。割と一方的に壁際まで押し込まれているように見える。武器の長さが根本的に違うのだから仕方ない。レベルはほぼ互角。

ほとんどノーカウントでGENZに味方するべく動く。しかし、GENZを殴って育ったとはいえ、未だ自分のレベルは低い。どうしよう。どぎゃんかせんといかん。

後ろに回り込んで武器を抜こうとして、前の戦いで武器をなくしたまま補充もしてないことに気づいた。まあ生き物の観察を手伝っていたんだから仕方ない。

GENZが私の姿を見て目を丸くする中、敵が異変に気づいて振り向こうとする。もはや一瞬の猶予もない。私は肩からの体当たりで敵の姿勢を崩してからの足払いで敵をGENZの方に倒した。

距離が縮まれば互角。引き倒していれば短剣の圧倒的有利。GENZはヘルメットと鎧の継ぎ目に短剣を差し込んで正確な動きで何かを切断した。兜の中で血で溺れるように敵が死ぬ。思わず目を逸らす。悼む気持ちなどないが、目を逸らしてしまった。

「……なぜじっとしていなかった」

敵が素材を落として消えた後、GENZはしゃがれた声で言った。

「何その言い方」

まるで私の事をあんまり好きじゃないみたい。

やっぱりそうだったんだ。だから最後のフラグが立たなかったんだ。

GENZは肩を摑んで揺さぶった。私に対して怒ってみせるときの動きだった。思考がダウンしている。もう動けない。

「俺と違って死んだらあとがないんだ。自ら危険に向かっていくべきじゃない」

ダウンした思考部分に代わって熊本弁生成エンジンが思考している。

「……私のこと、やっぱり好きじゃないんだ」

つま先で立ってGENZの顔を見あげてそう言ったら、GENZは顔を面白いように歪ませた。

「俺のことを置いて行くなと言っているんだ」

思考部分が勢い良く復帰した。

「ばってん、なんで最後のフラグが立たんと」

「それは俺のせいじゃない」

「……二人が仲良くなると恋愛フラグが立つとよ」

「そっちは専門外だ」

「GENZが私の事好きじゃないから最後のフラグは立たないの、そうでしょう？」

「あのなぁ！」

GENZは肩を落とした。

「いいか。今は緊急事態だ。だがあえて言おう。フラグはNPCだけが持つもので、人間というか、プレイヤー側は持っていない。ついでにいうと伝統的に俺がどう思っているかなんかフラグには一切関係ない」

そう言い放った後、勢いで泣いている私を抱きしめた。

「いいか、俺は、俺はぁぃーしてるから。後でちゃんと調べるから、大丈夫だから。この件が終わったらちゃんと二人で立てに行こう」

そんなの信用できない。チクワとかいたらそっち見るくせに。それでGENZを睨んだ。

GENZは私が機嫌を直すまで頭を撫で続けた。

ようやく泣きやんで、厳重にGENZの腕を引いて、私は殻の天井を見上げた。砂岩より強い殻は、縞模様を作っている。サンボンやメンフィス、上に建っていた家と違ってモザイクでないのが、気にかかった。

「なんで上は縞模様なんだいろ」

「マガリチクワの殻と同じで、薄い層を重ねて作っているからだろう」

唾液だか体液だかとあわせて砂をつなぎあわせて殻を作る。実際は砂ではないかもしれないが、小さなブロックでできているのは間違いない。とのこと。

「なんでモザイクじゃなかと？」

GENZはあまり気にしてなさそうに口を開いた。

「由来が違うからだろう。そっちも予算が付かないから、実のところはよくわからない。まあでも、エリスが研究してみたいというのなら、有望な分野だと思う。なにせ競合する研究がないし、先行研究もない。ブルーオーシャンだ」

GENZは敵が残した素材を拾っている。アイテムバッグを見て、顔をしかめた。

「まずい肉ばっかりだな」

まずい肉とは質の低い肉のことだ。空腹回復量が少ない。それがバッグが一杯になるほど拾えてしまっている。

一部捨てながら、拾ったアイテムを見ていくGENZ。

「あ、いや、武器もあった。こいつは日本サーバーの武器ではないが……」

GENZは武器を眺めた後、まあ、考えるのはよそうと言った。敵が俺の弟子の誰かなのは現段階でわかっているが、それが外国勢力と組んでいる可能性だってある。専門家でもないのに断じるのは危険だし、実のところ、何かできるわけでもない。

「しかし参ったぞ」

「なんが参ったと？」

私の頭を撫で、何かを言いかけて、GENZの顔の前にポップアップメニューが開いた。フレンドチャットという離れた距離で会話する機能の通知だった。

「GENZ、お前どこにいるんだ！」

連絡を寄越したのはワサビ、だった。わめいているし、慌ててもいる。GENZはがなりたてるチャット画面から離れようとして失敗している。プレイヤーが時々やる動作だ。

「落ち着け。いや、暴走していたサンドチクワを追いかけていたんだ。まずいことになったぞ」

遠隔地にいるであろうワサビが、うめいているのが聞こえる。

「こっちも悪い知らせがある。だがまずはGENZ、お前の無事を確かめたい。こっちからはそちらの座標がわからなくなっている」

「敵の攻撃かな。こっちは無事だ。エリスももちろん、無事だ」

ワサビはため息。顔は見えないけど、今頃ほっと胸をなで下ろしたんだろうなあ。

「それは良かった。不幸中の幸いとはこのことだろう。で、どっちの悪いこと自慢から始める？」

「そっちのほうが人の数も多いだろう。本部はそっちということで、こっちから報告していいか」

「……うんまあ、よかろう。何がわかった？」

「脱皮じゃなかった。まっすぐ不可侵領域へ南進していたサンドチクワ、殻だけ残っていて脱皮したと思っていたんだが、詳しいことは省略するが今日になって別の成体のサンドチクワの殻を見つけた、というか背中に乗っているうちに中身だけが消えた。前後の事情というか揺れ方から考えて、どうもこいつは死んで中身が消えたっぽい。成体は脱皮しないしな。前に一緒に見た殻もおそらく同じだ。中身がなくなってたんで脱皮だと思ってたんだが、ありゃ死んでいたんだ」

「誰かに食われたわけでもないんだろ。五年以上だから、ゲームで五〇〇年以上走り続けるやつがいると聞いたがサンドチクワにも寿命や病気があるんだな。新発見というやつか」

「学問的な新発見じゃないな。単に良くない話だ。サンドチクワのこの暴走、やっぱり人為的なものだった。具体的にはこの前の襲撃者がサンドチクワを暴走させていることを確認した」

「本当に良くない話だな」

顔は見えないが、ワサビの声は苦々しいものだった。

GENZも難しい顔をしている。

「まったくだ。完全に出し抜かれたよ。で、やつらはサンドチクワの中に隠れていた。これがサンドチクワが突然死した理由だろう。プレイヤーという異物が体中に入って来たんで総排出孔から噴き出すためにサンドチクワたちは付き添いつきで暴走してたんだ」

最初にサンドチクワの脱皮痕を見たが、あれは死んだあとの抜け殻だったんだ。私はGENZの話を聞きながら、限られた情報から事実を導き出した能力に舌を巻いた。

さすがのチクワ専門家だった。

上にあった家のことを考える。あの強い揺れ、サンドチクワが死んで殻だけになったことから起きたのだと理解した。

「なんでわかったかといえば、さっき襲撃者の一人と戦った」

GENZはしかめっ面で会話している。

「逃げろよそこは」

「襲われたんだ。逃げる暇もなかった」

「勝てたのか」

「勝ったおかげで今こうして話をしている」

「まあ、そりゃそうか。よかった」

「よくないな。敵が俺の弟子の誰かということまでしか今はわからないが、生き物の中に隠れて保護地域に入ることはできているわけだ。Ｇ－ＬＩＦＥが作ったセキュリティホールだな」

「Ｇ－ＬＩＦＥはゲームシステムに影響を及ぼしうるのか」

「Ｇ－ＬＩＦＥの進化を想定してゲームシステムが組まれている訳じゃないからな……いや、進化の行く先を人間が想像するなんてそもそも無理だったのかもしれん。進化がゲームシステムを出し抜くのは必然だったと言えるだろう。いずれにせよ敵は俺を出し抜いて、モグリの調査員を送り込んでいる。敵が国内企業に雇われているならまだしも、国外の勢力に雇われていたらこのままでは技術開発競争に負ける。国益的にゆゆしき事態だ」

そこまで言って、ＧＥＮＺはしばらく何も話さなくなった。悔しそう。

「で、そっちの悪い話というのは？」

「被害の集計が進んでいる。本部が事実上壊滅したのがわかった。正確な被害はわからん。情報をまとめるのにあと三〇分はかかるだろう」

「自衛隊はどうだ」

「全滅だ。警察もな。村は安全と思って、本部に全部隊を待機させていたせいで暴走するサンドチクワにやられて全滅してしまった」

「全滅か」

「再ログインして装備を調えて再度派遣するとして、どれだけ時間がかかるか現状は不明だ」

　ワサビの言葉にGENZは激しく頭をかいた。

「くそ」

「GENZの教え子のだれだっけ、ああ、川本くんによればサンドチクワによる環境破壊も深刻だそうだ。いや、サンドチクワそのものが大量死することによってさらに環境に影響が出る可能性もでてきた。場合によっては色々な生物が連鎖的に絶滅するかもしれない、とも」

　突然GENZが笑いだした。大笑だった。

　ワサビも笑っている。

「そりゃ参った。百年に一度級の我が国の大ピンチだな」

　GENZは笑いながら言った。事態が深刻すぎて、プレイヤー達がよく言うところの頭のネジでも飛んだような様子だった。

「国というギルドが危なかと？」

「ああ、大ピンチだ」

　よくわからない。〝外〟には情報しか持ち出せないのに、なぜチクワが死んだとかそういうのが〝外〟のギルドに影響するのだろう。

「なんでピンチと？」

GENZは笑いをおさめた。

「実は、〝外〟はもうゲームなしには、いや、〈セルフ・クラフト〉なしには生きていけなくてな。生きていけないというのは正確ではないが、国際競争を生き抜き、工業国としてやっていくには、どうにも〈セルフ・クラフト〉が必要になってしまっている」

「情報しか運べんとにね」

「その情報が大切なんだ。〈セルフ・クラフト〉の時間の進み方はこっちの約一〇〇倍速い。G‐LIFEの進化速度は一〇〇万倍以上だ。こっちはもう、〝外〟より、地球より随分と先に行ってしまったんだよ。〝外〟の遅い世界は、ゲームの進んだ技術から学んで追いつこうとしている状況だ」

「技術？　そぎゃんとは一度も聞いたことが……」

生物模倣技術。そうか。

GENZは頷いた。

「G‐LIFEの体の構造研究や分析から、〝外〟は新技術を手に入れている。今はもう、それがないと技術開発競争に勝てない。だからこそ、その保護や保護地域の拡大、他国への排他的領域の設定が行われる。エリスが祭という年に一度の大調査もそうだ。解禁日を設定して横並びの調査をすることで企業間や大学、研究機関での不平等をなくしている」

〝外〟はすごいと思っていたのだが、そうでもないらしい。世の中はまったく単純ではない。

「〝外〟は思ってたのとだいぶ違うばい」

「三〇年前と比べたってだいぶ違う。ゲームで負けたら国が傾くなんざ、僕が若い頃には想像もつかなかったぜ」

ワサビが朗らかに言った。GENZは爆笑している。楽しそう。いや、楽しそうじゃない。怒っている。目を開けたまま、しばらく考え事をしている。人間もフリーズすることがあるらしい。

GENZは私を見た。GENZの瞳の中の私が心配そうにしている。

「昔だってゲームのやりすぎで痩せたり太ったり精神患《わずら》ったりしてたさ」

GENZは慰めた。ワサビのうめき声が聞こえる。あまりよい思い出では、なかったらしい。

「なあ、今はいい時代なんだよな？　科学技術は未来を明るくする。そうだろう？」

ワサビは小声で尋ねてきた。

「その通りだ。今は俺たちゲーマーの時代じゃないか。いい時代だ」

「そうか、それもそうだな」

なぜかワサビはあっさり納得した。いや、彼もまた、ネジが飛んだのかもしれなかった。

プレイヤーでいうネジが飛ぶとは、私でいうなら思考部分がダウンして熊本弁生成エンジンが考えるようなものだろう。そう考えると、納得はできた。同意はできなかったが。

「まあ、ともかく、現在位置を教えてくれ。現状では救援もだせないとは思うが」

ワサビはそう言った。メンフィスからまっすぐ南のはずだが、わかった、わかったと言ってGENZは会話を終了させる。上を見る。

「こりゃ本格的にダメだな」

「なんがダメと？」

「さっきの話にでていた川本くんというのは、まだ二〇《はたち》の学生だ。今回手伝いというか雑用で調査にきている」

「二〇ってレベルのことだいろ？」

ハタチって言われても、エリスにはよくわからない。GENZは目をさまよわせている。

「あー。レベルでいうと五くらいかな」

「エリスより低かばい」

「実際、役立ち度でいうと、そんな感じだ。その川本くんの意見を聞かなければいけないということは……」

「他に人がおらんと？」

「調査員は皆ばらばらに散っていたから、それらを集めれば戦力にはなるかもな。いや、普段ゲームなんかやらない連中ばかりだろうから、戦力にはならんだろう」

いや、参ったなと。ちっとも参ってなさそうな顔でGENZは言った。

「その割には、平気そうな顔ばしとる」

「まあ、俺のせいじゃないからな。実際敵はよくやったよ。誰かわからんが、不肖の弟子ながら、褒めてやりたい」

GENZはそう言って、表情を変えた。あ、今までフェイスモーションキャプチャを切っていたのか。

「……な訳がないだろう、どこのどいつか知らないが、俺の！　チクワを！　俺の生物学を！　なんだと！　思っている！　サンドチクワの中に入るなんて羨ましいことしやがって！　ぶっ殺してやる！」

GENZは義憤が燃えあがってきたと吠えた。義憤とはいえ、半分、いや八割くらいはたぶん、私情だ。でも、怒っているのは本当。

私の名前が出なかった。関係ないのかもしれないけど、悲しい。悼んでほしい。ついていって役に立てば、私のことも考えてくれるようになるだろうか。

考える。ついていく。どうにかこうにか、体力は回復しきった。今更ながら、自分の体力が減っていたことを思い知らされ、GENZはそれも含めて心配していたのかと理解した。心配されていると思うと、さっきまで悲しかったのが急に嬉しくなる。GENZの腕を取る。くっついてみる。上を見る。音は、鳴らない。

それが不満で口を尖らせていたら、GENZは周囲を見渡した。別にどうという風景ではなくただの砂漠だったが、GENZの顔はそういう風には見えない。

それで、改めて周囲を見た。

荒涼とした砂漠、という感じでもない。砂っぽくはあるが、まばらではあるが緑もあった。死んだサンドチクワの背の緑が転げ落ちた風でもなく、もとより生えている感じだった。

「砂漠なのに砂漠じゃなか……」

「いや、砂漠だと思うんだが」

GENZは草に向かって歩き出す。GENZの腕を摑んだままの私も、一緒に歩いた。膝をついて緑を見れば、それは緑色のマガリチクワかその親戚であるように見えた。新種だ。

「ゲームではそもそも植物が進化できるようには作っていなかった」

「なんで?」

「地味な割に手間がかかる。要するに、プレイヤーが喜ばない」

またか。でも実際はあったら楽しいような気がする。生き物と同じように植物もすごいと尊敬できるなら、それに越したことはない気がするのだけど。

「そう、これまでは植物が進化できるようには作っていなかった」

GENZは土に突っ立ったような新種のマガリチクワを見た。殻はちゃんとあるが、口はふさがれてしまっている。口がなければ何も食べることができないと思うのだが、死んでいるようにも見えない。針のような緑のものをたくさんつきだしている。

これで身を守るのだろうか。そういう風にも見えない。針はあまり強くなさそう。

「〝外〟にあるサボテンという植物にそっくりだ。このトゲは葉だな。痕跡器官とまでは言わないが、この細さでは実用性は低いだろう。トゲが数えきれないほどあることから考えて、これの元になる葉から蒸散しても特に問題ない環境の、おそらくは水辺の種族もいるはずだ。口がないから別の栄養補給の手段を獲得しているんだろう。光合成するための小ブロックを取り込んでいるんだな」

「なんのことだいろ」

「光合成の仕組みを取り入れたナマコが〝外〟にいるんだが、こいつも同じく光合成できる動物らしい。金にはならないが大発見だな……そうか、〈セルフ・クラフト〉には植物化した生き物、進化する植物も存在しうるのか」

GENZは尊敬というほかない表情を浮かべている。

「動かない、もしくはあまり動かないという戦略の選択は、動物の世界では少なくない方法だ。マガリチクワ類はその究極にたどり着いたといえなくもない。これだけで一年くらいは研究できそうだな。配合情報というか精子をどうやって運んでいるんだろう。風媒が存在しえないから共生している他種とかもいるんじゃないか。とすれば花もあるはずだが。おお」

生き物を尊敬することに異論はないが、緊急時に状況を忘れて一人盛り上がっている様は、ちょっとみっともない。仕方ないので肘鉄を入れる。大げさに身を曲げるGENZ。

同時にまた通知が出てきた。ワサビから。

「GENZ、場所はどこだ」

「あ。忘れてた。今から確認する」

GENZは立ち上がってメニューを呼び出している。私は植物化したマガリチクワを見て生き物の適当さと鷹揚《おうよう》さと偉大さを学んだ気がした。ここまでくるとマガリはしてもチクワではない。なんて言う名前になるんだろう。元チクワ？

「すまん。自分で自分の位置がわからない」

GENZが笑うに笑えないことを言い出した。

なんばいいよっとだいろと言いかけて立ち上がり、背伸びしてGENZのメニューウィンドウを横から覗き見る。村人や仲間と違うメニュー体系であることに驚きつつ、表示されている地図を見る。プレイヤーにはこんなものがあったのか。

「自分の位置は赤い点で表示されるはずなんだ」

GENZは通話しながら私に説明した。地図を見るかぎり、確かに赤い点はない。

「敵の攻撃によるものかもしれない」

「敵が……G‐LIFEの情報泥棒というか、産業スパイが、そんな回りくどい嫌がらせするか？」

ワサビは懐疑的な事を言った。GENZは難しい顔をしている。

「じゃあ、なんだって言うんだ」

「ちなみに僕は今、マップの端にいる」

「そうか」

「お前たちを追って、南端にな」

「ん？」

「僕の目の前には砂岩の道がある。これまでサンドチクワの死体などを見たことはない」

「お前、マップの南端をこえて不可侵領域にいるぞ」

「……そりゃつまり……」

GENZとエリスはお互いの顔を見た。

GENZの顔を見ていると、段々唇に意識がいく。GENZも同じだったらしく、同時に少し離れた。離れると少し寂しくなる。それで手を握った。

「GENZ、大丈夫か、どうした」

GENZは動揺を隠そうとしている。

「つまりはバグか」

「バグだな。たぶん。チクワの中にいれば不可侵領域にも侵入できるってわけだ」

ワサビはそう言って、ため息。GENZは釈然としない様子。

「俺とエリスはサンドチクワの上にいたんだが」

「G‐LIFEの上ならいけるのか？　それぐらいはデバッグされていそうだが」

「まったくだ。それにしても不可侵領域か。新種がいるわけだ」

GENZの様子は、ちょっとおかしい。ネジが飛んだままだ。

ネジの飛んだGENZののんきな言葉を無視して、ワサビはうめいた。

「しかし、参ったな。敵は不可侵領域に侵入しているというわけだ。新種から将来的な我が国の核心的利益が盗まれる可能性が高い」

つまり、すごい技術を盗《と》られると。

「そらいかんばい。どぎゃんすると？」

「知らない、わからない。ついでにいうと僕もGENZもアドバイザーという立場で、知らされる立場にない。だがまあ、味方は飽和攻撃によってログイン段階で苦戦しているだろうし、不正アクセスルートの調査もどうかなあ。ゲームで許される手段だけで、国内からバグを利用した方法、とかになると対応できない可能性がある」

「敵が何人いるかは不明。で、対応できそうなのは不可侵領域にいる俺とエリスだけと」

「詰んでいるな」

「そうだな。まあ、一応俺の事情を首相に連絡してくれ。まだ退陣してなければ、だが」

「わかった。周囲に叫ぶくらいはしとくよ。忘れているかもしれないが、僕のいるところは内閣府だ」

「ああ。それじゃ頼む」

連絡を切ったあと、GENZは腕を回した。

「仕方ない。新種の観察は後だ」

「なんばすっと？」

私が尋ねると、GENZは俺より先に羨ましいことをしたやつは皆殺しだという感じの悪そうな笑顔を見せた。

「戦う。奇跡のようなこの砂漠で、環境破壊する連中は敵だ。国益抜きにしてもな」

「勝てるとね」

「勝たなければいけないな。負けられない戦いというのがある。この砂漠の生き物たちは、とても貴重だ。多くの国の研究・閉鎖環境で似たような技術の世界を作ったり、同じゲームシステムを使っていたのに、育たなかったし、根付かなかった」

「なんでだいろ」

「確率だ。おそらく生き物が生まれる確率は、ずっと低いんだ。たとえゲームでも。

〝外〟より余程、生き物が発生しやすい環境になっていたとしても」

　GENZは優しく緑のマガリチクワを眺めた。

「確率が低い現象を奇跡というのなら、まさにこの砂漠の生き物は奇跡だよ。奇跡には敬意を払うべきだ」

　GENZはアイテムバッグ2からパンを取り出した。睨み、勢いよく半分かじる。その様もまた、ネジが飛んでいるように見えた。あるいはこちらの方こそが、GENZらしいGENZというべきものかもしれない。

「ついていくけんね」

「イヤだ」

「ついていく」

　大事な事なので二回言った。GENZはそうだろうなという顔をした後、微笑んだ。

「じゃあ、ついてきてくれ。戦力が足りないのは確かだ」

「……ツンデレ」

　なんだか悔しくなってそう言った。

「それは用法が違う」

　普通に返された。GENZは遠くを見ている。

　つられて見れば手を振って走ってくる男がいる。

「おーい。ＧＥＮＺぅ」

　ワサビ、だった。

「遅いぞワサビ」

　ＧＥＮＺはそう言うが、私はびっくりした。さっきフレンドチャットしたばかりではないか。

「遅くはなかばい」

「いや、遅い。事態は一刻を争う」

　ワサビは渋い顔をして私に会釈したあと口を開いた。

「エリスさんの言うとおりだ。遅くはない。いや、速い!!　ＧＥＮＺぅお前なぁ！　僕の方は大変だったんだぞ！　話つけるのとかマガリチクワ探すのとか。マガリチクワの上でバランス取るのとか」

「どぎゃんしてこぎゃん速かったと？」

「初動が速かった。具体的には君たちから遅れること一五分で追いかけていた」

「さっきマップの南端とか言って……」

　そこから一五分で来られるわけがない。

　私の表情に気づいたのか、ワサビは笑顔になった。

　つまりはチャット上では嘘をついていたらしい。

ＧＥＮＺはワサビが来るのを予想していたようである。

「わかっとったと?」

「ま、つきあいが長いからな」

私もそうなりたい。ＧＥＮＺがいうには、その上での先ほどのフレンドチャットだったらしい。

「猿芝居でもやっておく必要がある。法律と閣議決定と省令で不可侵領域にはプレイヤーの進入が許されていない。競合する各企業にとっては競争力の源泉でもあるからな。不正侵入が起きた日には首相の首が飛ぶ可能性だってある。明日の株は大暴落間違いなしだ」

「首相の首については今起きている。午後から首相の緊急記者会見があるそうだ」

「リアルの戦争になりそうだな。ともあれ聖域を設ければ実際聖域になると思うのが日本人だ。その後は防御しようとかメンテナンスしようとか口に出すことさえ罪になる。で、こういうことになる。つまり、事件が起きた後で対策不足に気づく」

ＧＥＮＺはそこまで言ってからワサビを見た。

「それにしても、よく気づいたな。背中に乗れば不可侵領域の境界を越えられるって」

「簡単な推理だよ。不可侵領域の境界、見えない壁まで来てもお前達の姿はないし、お前からの連絡もない。死亡表示も出てないしエリスさんがいるから無茶はしないだろう、という事はバグが原因で理由はチクワだろ」

「なんだその超推理」

「いや、客観的に見てお前の行動の九割はチクワ絡みだし。どの種類のチクワかは分からんかったがさしあたって手近にあるマガリチクワから試してたんだよ。抱いて突っ込むか足台にしてジャンプで突っ込むか上に乗って突っ込むか。まあ、最後だったわけだが」

「あーワサビくん。七割位にしておいてくれたまえ」

GENZは私をちらりと見た。七割なら許されると思ったのか。

「GENZぅ、急ぐんじゃなかったのか」

「急ごうではないか」

「あ、エリスさん大丈夫だった？　こいつから酷い目に遭わされなかった？」

私はGENZを見た。GENZは顔を赤らめた。

「ちょ」

「違うぞワサビ。ともかく作戦立案だ」

一度サンドチクワの殻の中に入って、作戦を立てる。まっすぐ走っていって敵にぶつかっても、勝てないだろうという判断だ。G－LIFEを調査する敵がこの三人より多いのは間違いない。勝つためには知恵を絞る必要があるな。とGENZ。

「さっき戦ったせいで、まあ、俺たちの存在は敵に知られているだろう。奇襲は使えない。さらに敵の数はわからない。敵がどこにいるかもはっきりはわからない。急がないと情報が沢山抜かれる」

「悪かことばっかりね」

「確かに。しかしいいこともある」

「なに？」

「なにもしないよりは、何かした方がいい」

「なるほど」

ワサビは頷いた。

私から見ると、ＧＥＮＺは前向きだなと思う。これが不死身の余裕だろうか。しかし、そのＧＥＮＺにしてもメンフィスがなくなった以上、死んで復活するのは遠い北の方の街になるだろう。この事態にあっては一度も死ねない点では私とあまり変わらない。

それでも前向きなのは、ＧＥＮＺの個性だろう。そういうところが好き。

「どぎゃんしよう。武器もなか」

ＧＥＮＺは微笑んだ。

「どうすっと？」

「生き物を使う手を教えてくれたのは敵だけじゃない。エリスもだ」

ＧＥＮＺは上を見た。アローバードを食い散らかすホーンバードがいる。

ホーンバードは今のところゲーム最速の生き物だ。アローバードの近縁で、アローバードを捕食して生きている。大きな白い怪鳥。

名前の通り空気流入孔の上に真っすぐ伸びた角《ホーン》を持っていて、GENZによるとこの角で音速の壁を突いて壊しているという。胴体後部が長いのは、燃焼器官の後ろにもう一つ、再燃焼器官がついているためとか。

「あいつも、あいつも、あいつも。俺たちの仲間だ。仲間と一緒に生き物に敬意を持たぬ不逞《ふてい》の輩《やから》を追い返してやろう」

GENZはそういって作戦を立て始める。

まず攻撃の柱となるのは、クチナワだった。

「ここにはクチナワおっと?」

「クチナワは新種だ。おそらく原産地はこの不可侵領域で、数が増えたから不可侵領域から出てきたんだろう」

「じゃあ」

使えるんだ。私はGENZを見た。

「元はサンドチクワだったと思われるまずい肉も大量にあるし、これを使っておびき寄せられるとは思う」

クチナワの攻撃力は、高レベルのプレイヤーでも無事とは思えないほどだ。

問題は、クチナワは足にかみつくことしか出来なくて、比較的防御が簡単なことだった。

それこそ壁に摑まるとか、この辺りであればあの植物化したマガリチクワの上に乗ってしまえばいい。

「敵がクチナワよけたらどうすっと?」

「いい質問だ。焦っている時ほど、そういう疑念は役に立つ。そうだな、急いでいるのは敵も同じ。本格的な対策は出来ていないだろう、と思いたい」

それだけではなんとも弱そうな気がする。

GENZは腕を組んだ後、数秒考えた。

「敵の間抜けに期待するのは良くないな。わかった。何か対策をしよう」

しかも、対策は今から考えるというていたらくである。しかも時間はない。

「……学生に出す問題と同じだな」

「なんのことだいろ」

「逆から考えれば意外と簡単かもしれないってことだ。エリス、敵ならばどうやって攻撃をよける?」

「ジャンプ、とか」

私は即答した。

「それはあまり心配しないでいいな。着地した先にクチナワがいればいいわけで」

「じゃあ、サンドチクワの殻の上に乗ると」

これまた即答した。ＧＥＮＺは満足そう。私の思考速度はプレイヤーより随分早いから、喜んでいるのかもしれない。

ＧＥＮＺは少し考えて口にした。

「さっき乗って思ったんだが、意外に殻の上は不安定だよな。そもそもクチナワを避けて殻の上に避難していたら生き物の捕獲や情報収集はそれ以上不可能だろう。殺さないでも目的は達成できる。少なくともクチナワが去るまで、時間は稼げる。時間が稼げれば対応することもできるだろう」

なるほど。ＧＥＮＺの考えに、生き物に抱くような尊敬の念を抱いた。すごい。私は見たものを見たままに考えるきらいがあるが、ＧＥＮＺはそうではない。

「ＧＥＮＺは生き物のごたる」

「エリスさん、人間は生き物だよ」

ワサビの言葉にプレイヤーも生き物だったのかと、びっくりした。そう言われれば、ＧＥＮＺはサンドチクワなどに似ている気もする。自分勝手なところとか。

「他にパターンは？」

「緑のマガリチクワの上に乗る」

「それが一番ありそうだな」

ＧＥＮＺは立ち上がった。短剣を持って。

ものすごく、嫌そうな顔をしている。エリスが見た感じはそうであった。外に出て、まっすぐ緑のマガリチクワの前に行く。

「すまんが、最終的にはお前たちを守るためだ」

そう言って、二ブロックほどの大きさの緑のマガリチクワの上に乗る。結構高い。殻はクチナワ対策のせいかひどく硬く、びくともしない。上で跳ねても大丈夫。

降りて殻を砕こうとするも、短剣の刃が折れそうだった。

「これの上に逃げられたら、どうしようもないのはわかった」

割とどうしようもない結論だった。エリスは一〇分の一秒ほど考えた。

「それはよかばい。ぶりやっといて。時によるばってん、どぎゃんかならす」

「久しぶりに何を言っているのかわからない」

「ほっといていいんじゃない？　状況にもよるけど、どうにかなるし」

GENZはそうかと言って、んじゃ、あとはその時間だなと続けた。私と違って問いただすようなこともしない。GENZを見ると微笑んでくれた。

「信頼している」

心躍るような言葉だった。期待を込めて上を見る。

音は鳴らない。

「うっくざれとるばい」

「壊れてるかって？　長年やっている国営ゲームとはいえ、バグはいろいろありそうだな。まあ、終わったら攻略サイトでも見るさ。とりあえずは我が国を守る。そのための作戦だ」

ＧＥＮＺは頷いて目をやった。

「一発だ。チャンスは一発、一回きり。最初の一撃だけだ。敵がどういう警戒をしているにせよ、生き物を援軍にこちらがせめて来たら敵の計算は狂ってしまうだろう。最初の一撃は奇襲になる可能性が高い。この時なるべく多くの敵を一度に倒したい」

「それはつまり、仮に奇襲が成功しても生き残りがそれなりにいたらダメってことか」

「ああ。ダメってことだ。敵と同数でも勝てるかはわからん。だから最初の一撃に全部賭けて攻める。乾坤一擲《けんこんいってき》の大勝負だ。幸い食料はたくさんある。そこで、三手に分かれて攻撃する」

私は頷いた。どのみち、クチナワを探して広い範囲を走り回らないといけない。

「クチナワを見つける前に敵に会ったら、とにかく逃げる」

「うん。攻撃の時期は、エリスが選んでよかと？」

「さっきの奴だな。わかった。エリスはフレンドチャット使えるか」

「うん。使えるばい」

頷くとＧＥＮＺは立ち上がった。

「ワサビ、今から渡すから質の悪い肉を貰ってくれ。餌だ」

「わかった。この肉はサンドチクワの？」

「たぶん」

「このサンドチクワの死体を見るに、異物が大きかったりいつまでも残ったりしたらサンドチクワは死んでしまうんだろう。この先、さらに南に行ったところで敵がチクワを大量死させた結果、肉がばらまかれてクチナワがすでに集まっているというのはどうだ」

「いい話じゃないか」

私は少し考えて問題点を指摘してみた。

「クチナワがもう満腹だったら？」

ＧＥＮＺは目をさまよわせた。事の最初から、随分と運任せな作戦だった。

それで、一人で砂漠を走っている。

GENZがいないと寂しいが、仕事を任せて貰ったのはよかった。ちょっと満足。

うまく出来たら、喜んでくれるかな。

一人であればプレイヤーにあわせる必要もない。本来の速度で思考して、判断できる。待つ必要がない。

身体を動かす速度はともかく、思考、判断速度はプレイヤーより私の方がずっと速かった。

だから、自分が一番広い範囲を走ってクチナワを集めてこれるはず。

もっとも、思考速度は速くても、GENZのように柔軟ではない。敵がプレイヤーであることを想定すると、そこが気になる。

考えれば考えるほど穴だらけ。時間がない中頑張って作った作戦だが、成功率はやっぱり、あまり高くなかった。

それでも走る。GENZに褒められたいし、彼の役に立ちたい。死んだら悼んでほしい。

成功率が低くてリスクが高くても、リターンは大きい。もしかしたらそれで、最後のフラグがたつかもしれない。

GENZの話によれば、クチナワはシュウノウトンボやマガリチクワのようにじっとしているわけでも、サンドチクワのように決まった場所を動いているわけでもないらしい。餌を求めて、あるいは餌を追いかけて比較的広い範囲を動き回っている。さらにいうと、砂岩の道には入れないので、それもない。

サンドチクワの肉を持ってはいるが、これで釣れるかは、まだわからない。むしろ、サンドチクワの肉を嫌ってくれる方がいい。と、GENZは言っていた。それで満腹になることがないからだ。

現状はっきりしていることは、クチナワはシュウノウトンボの食べ残しや、脱皮直後のマガリチクワを食べているということだ。シュウノウトンボが狩りをして、去っていくか、サンボンが四本足で走っている現場を見つけることができれば、その時はかなりの確率で見つけられるだろうとGENZは言っている。

それで私は、砂岩の道を走る。飛ぶシュウノウトンボを探す。サンボンより飛んでいるシュウノウトンボの方が見つけやすい。

道があるせいで迷わない上に走りやすいのが助かる。それにしても自殺する時に行こうと思っていた不可侵領域に、そんな気もないのにいつのまにか入っていた自分の行動が面白かった。

なんでこうなったのか全部わかっているのに、面白い。

目を細める。きらきらと光るものが砂漠には沢山あるが、あの連続した光は、シュウノウトンボの透明な安定翼に違いない。

走る。併走する。間違いない。シュウノウトンボの群れ。目指すところはトンボの目指す方向の逆。砂を見ながら走っていたら、脱皮したマガリチクワの群れがいた。この生き物もまた、サンドチクワの激減と一緒に数が少なくなるかもしれないとGENZが言っていた。

敵が暴走させたサンドチクワの砂岩の道から転げ落ちた脱皮したてのマガリチクワを食べるクチナワたちをみつけた。質の悪い肉をアイテムバッグから取り出して投げてみる。見向きもされない。よかった。これで懸念は一つ解消されたことになる。人間が食べるようなアイテムの形態は食べないだろうと言っていたGENZの予想通り。さすがのチクワ専門家というところだ。

ごめんね、と思いながら、脱皮したばかりのマガリチクワを抱える。一抱えはあって、もきゅもきゅしている。

可哀想と思いつつ、誘導する方向へ投げる。クチナワが新たな獲物を見つけて、勢いよく砂の上を滑っていく。

アイテムバッグ1に入れられるだけの脱皮したてのマガリチクワを入れて、走りながら順次投げた。短剣で小さく分解して投げるのがいいとは思うのだが、それはちょっと嫌だと思った。やってることは同じだけど、嫌だ。なぜかはわからない。死んだじいさんの目を思い出しそうだからか。

走る。いつの間にか続々とクチナワがよってきていることに気づく。数が増えている。私の目をもってしても、ぱっと見て完全に数えられるようなことはできない。おそらく五〇くらいはいる。前の時はどれくらいいただろう。いやGENZに抱き寄せられてそれどころではなかった。

それどころではなかったけど、もう一回やって欲しいような気もする。あと、唇がくっつくやつ。そうだ。最後のフラグはそれで立つかもしれない。

走る。走る。考えながらも熊本弁生成エンジンは別のことを考えている。さすが私の一部。警戒に余念がない。

頭上を見る。もう、祭の季節まっただ中というところ。空が暗くなるほどのアローバードの群れが次々飛んでいる。無力な存在とは言え、この数は怖か。まだ轟音は聞こえていないけれど。

遠く、立往生している巨大なサンドチクワたちが見えた。文字通りの立往生で、死んでいる。

一部は殻が倒れていた。あんなに立派なサンドチクワが沢山死んでいるのは、それだけで悲しい。GENZが怒っていた意味もわかろうというものだ。

走る。近づく。敵が見えた。黒い布が白くなっている。殻の上でテントか何かを設営しようとして苦労している風。なんであんなに足場の悪いところでそんなことをしているんだろう。

フレンドチャットを開いて、GENZを呼んだ。

「死んだサンドチクワの殻が並んでいる。その一つの上に敵が固まっている。数、一五」

「こっちはもうすぐだ。殻の上に作ろうとしているのは、たぶん本部だろうな。資材の集積所と、ベッドを置くつもりだろう。バックドアではないが、それで秘密裡に不可侵領域に行き来できるようになる。敵だけじゃなくてその本部も壊す必要がある」

「殻の上ばってん、どぎゃんすればよかと？」

「エリスの言うお祭りだっけ、あの時期がちょうどきているから……右」

右を見ると、遠くから肉を食べながら走っているGENZが見えた。

タイミングをあわせて動く。GENZは砂岩の上を走ってないので、足を取られると、まずい。

心配ばい。心配だ。でも体は動いている。同時に別方向からマガリチクワを投げた。脱皮したてのマガリチクワを当てられたが殻はびくともしない。間抜けなことに敵は頭上のアローバードに見とれてエリスたちには気づいてなかった。それぐらい、殻は揺るがなかったということだ。

前に私たちが乗っていた時にはぐらぐらしていたから、脱皮したてのマガリチクワくらいでも、倒壊すると思ったのに。

どうやら敵は、補強工事して殻を安定させたらしい。これではクチナワをけしかけられない。

だめか。

遠く、耳を裂くような轟音が聞こえた。空を埋め尽くすほどのアローバードが綺麗に割れていく。

「ホーンバード‼」

「エリス、もう一度だ！」

GENZに声を掛けられて脱皮したてのマガリチクワを殻に向かって投げる。

再燃焼を行って加速し、高度を低くしたホーンバードが後ろから通過。髪とスカートが揺れる。音の壁が角で突き破られるとんでもない音がした。

脱皮したてのマガリチクワは角に触れることもなく、ばらばらになってホーンバードに食べられた。数キロブロックを簡単に見分ける巨大なホーンバードの目が呆然とする私の姿を映して、すぐに遠ざかっていく。

いや、違う。そう思ったときとサンドチクワの殻が倒壊するのは同時だった。衝撃波。私の髪が別の生き物のように揺れている。一緒に大量のアローバードが飛び立った。上を見ていた敵はアローバードの高いところで体を休める習性に引っかかって大変なことになっていたのかもしれない。

アローバードが混乱して大騒ぎして方向性を失って飛びまくっている。私のおなかにも一匹ぶつかった。意外に痛い。GENZがこれをくらって速度を落としたら、クチナワに食べられてしまう。言っているそばからGENZの叫び。クチナワが飛び上がって巨大な口に見える輪を作っている。

「跳んで！」

GENZが跳んだ。砂岩の道の上にダイビング。私は抱き止めようとして失敗した。抱き合って転がった。ダメージそれなり。ああ、でもこんな時でも、嬉しい。上を見る。音楽は鳴らない。いや、それどころじゃない。

「ホーンバード、笑ってた」

「なんだそりゃ」

確かに目が笑っているように見えた。しかし、さすがは空の王様。美しくて、大きい。

「まあ、笑いはしないと思うが、案外遊んでたのかもしれないな。〝外〟にいるグンカンドリや鳶《とび》、カラスなどには空中の餌をとる狩りの習慣から生まれたのか、遊び心があることが観察と実験からわかっている。餌を投げてもらうと楽しそうに取ったり、度胸試ししたり、中には飛んでいる他の鳥を捕まえて餌を横取りしたりする種類、個体もある。ホーンバードも、たぶん同じだろう」

ともあれ助かったよ。GENZはそう言って上を見た。まだ飛び交っているアローバードの方が気になるよう。

「アローバードの習性はクチナワよけでもあったんだな。もちろん地上から飛び立てないせいもあるとは思うんだが」

そうなんだ。GENZを見るとGENZは私のことをよくわかっているらしく、言われなくても解説をはじめた。

アローバードの吸気と排気、すなわち生体ジェット推進機関はある程度の風を空気流入孔から吸い込まないと始動しないらしい。だから、最初は滑空する。滑空することで空気流入孔から風を入れて吸気羽で空気を圧縮して燃焼ガスと合わせて火をつけて飛ぶ。この仕組みはシュウノウトンボなども同じという。つまりはシュウノウトンボもチクワ類というわけだ。ゲームはチクワの楽園だと、エリスはGENZの体を抱きしめながら思った。

「ありがとう。助かった」

「うん」

離れがたい気がするが、それどころではない事態でもある。無理に身を引きはがして倒壊したサンドチクワの殻を見る。クチナワがなにもかも片づけていた。生き残りがいないかを厳重に見渡し、いないことを確認した。

「一五人には勝ったばい」

「一五人にはな。これで、敵が全部ならいいんだが」

ただレベルは上がらなかった。直接戦っていないのだから当然だったが、少し残念ではある。

問題は次だ、とGENZは言った。敵の生き残りがどれくらいか。反撃はどうか。私たちは数が少ない。今ので敵の八割を倒したとしても、なお敵は数の上での優勢を保っており、私とのレベル差は絶望的なほどある。

「……まずは敵の生き残りを探そう」

GENZと手分けして敵を探した

「緑の元チクワの上にはおらん」

想定していた生き残りパターンで一番ありそうなものはそれだった。GENZは小さくうなずいた。

「仮によじ登ったやつがいたとしても、アローバードの突撃を食らって落ちているだろう。ああ、あとサンドチクワの殻の中に隠れている連中もクチナワに食われていると思う」

もう一度偵察し、敵を全滅させたことを確認した。

勝てるかもしれない。いや、勝ったかもしれない。

喜びが少しずつ湧いてきたところでフレンドチャットが開いた。

「こちらワサビ」

「どうした」

「敵がいた」

「まだいたか……」

「数は二人だ」

「一人じゃ勝てないな。場所はどこだ」

地図を表示できないので、合流にも苦労する。

「説明しにくい。最初に見た殻から向かって右、西の方にコキアみたいなものがある」

「コキア?」

私が尋ねると、箒草《ほうきぐさ》だというGENZの答えが返ってきた。

ワサビ一人では勝ち目がないので、敵に接触させながら、待たせる。

私たちは増援だ。走る。食料がないのに気づく。

「どぎゃんしよう。食料がなかばい」

「俺もだ」

二人で走りながら顔を見る。食料は、いや、ありはする。サンドチクワの肉。まずい肉。

ゼリー状のそれを無理やり食べながら移動。髪が煩わしいので髪形変更。ベリーショートに。

ワサビを見つけた。箒草とはなんだろうと思ったが、本当に箒がひっくり返ったようなものが砂の上に群生して風にそよいでいる。大きさは一ブロックくらい。色は赤だった。

わずかな起伏を利用し、伏せて隠れているワサビの隣に到着。私たちも伏せて敵の様子を窺う。敵は箒草のようなものを採取しているよう。

「植物か」

「G‐LIFEということは植物ではないな。動物だ。植物化した動物、ってところだろう。サンゴみたいなものかもしれないが」

GENZは深呼吸。

「襲うぞ」

「俺は医者なんだが」

ワサビはアイテムバッグから〈爆〉と書いた瓶を取り出した。投げる。爆発する。敵が吹き飛ぶ。

「一撃で死ぬ威力じゃないぞ」

ワサビの言葉に、わかってると叫びながら、GENZは二手に吹き飛んだうちの片方、一人と対戦をはじめた。ワサビが私に前にくれたドクロマークの瓶を渡してくれる。二人で投げる。敵は左右に跳んで避けるが、跳ぶということは跳んだ時点で着地点が予想できるということだ。それに気づいて私は着地予想点に投げつけた。あたった。

「ＧＥＮＺ、下がって！」

私の声を聞いたＧＥＮＺが跳んで下がる。瓶を投げる。敵に命中する。ＧＥＮＺが再前進して動けなくなった敵に止《とど》めを刺した。もう一人の敵も倒す。

「勝った……」

「終わったのか」

ワサビはほっとしたように言った。ＧＥＮＺは考えた後、首を振る。

「いや。今のでわかった。これからだ。敵は本部建設チームと探索・採集チームにわかれていたようだ。俺たちは最悪、敵の半分しか倒してない」

この時点で、私たちの勝利は、ほぼ、消えた。さっきの敵は採集に夢中だったようだが、本部が襲われたと知って警戒を始める敵だっているだろう。そうなれば、数の力で、負ける。

「どうする」

ワサビが栄養ドリンクと書いた瓶を配りながら言う。

「そんなものを配りながら何言ってるんだ。戦えるだけ戦うさ」

「だろうな」

栄養ドリンクというものは、サンドチクワよりまずかった。でも、飲んだら一時的に攻撃力が上がる。

「それより、武器になりそうなG‐LIFEはないか」

GENZがそう言うと、ワサビはアイテムバッグ5を広げた。

「一応使えそうなのも、集めてきてるが」

「いいぞワサビ」

ワサビが集めてきたのはシュウノウトンボだった。

砂ブロックに擬態したシュウノウトンボを集めてきたらしい。

強いのは強い……

「これで高レベルの敵に勝てるとだいろ」

村人や低レベルのプレイヤーには脅威でも、高レベル相手にはお金にしかならない生き物だ。クチナワほど、頼もしくはない。

「罠には使えるさ」

GENZはそう言って、箒を見た。私も見る。手に触れると箒のところから小さな粒が沢山落ちてきて焦った。でもこれは、見覚えがある。

「ムギだ」

「え？」

「メンフィスの、パンの材料」

パンじゃないとワサビがうめいたが、そんなこと私に言われても困る。これらムギは、この母体から離れて、メンフィスにまで届いていたらしい。

「どぎゃんやって」

「このゲームでは風は物を運べないから、たぶん、他の生き物にくっつくかなんかだろう」

サンドチクワかもなと、GENZは言った。回遊しているのだから可能性はある、と。サンドチクワは沢山死んだので、もし村が再建されたとしてもパンは焼けないかもしれない。この一つだけをとっても、敵は大規模に砂漠を変えてしまおうとしている。

苦い気持ちになりながら、破壊した敵の本部に戻る。一部の敵が戻ってきているかもしれないと思ったが、そうではなかった。本部建築をあきらめて、このまま採取だけして脱出する方向に作戦を切り替えたのかもしれない。

「敵はどれくらいいると思う？」

ワサビがそう尋ねた。

GENZは安定翼を休めるアローバードで地肌が見えなくなったサンドチクワの殻を見る。

「おそらく、サンドチクワ一つに敵一人だと思う。元々輸送用の生き物でもないんだから隠れる場所は限られる。エリス、殻はいくつあった？」

「二四」

「数えるの早いなぁ」

ワサビが感心した。こういうところも、プレイヤーと村人や仲間との差かもしれない。

センサーに差はないはずだが、見えているものは随分違う。

サンドチクワ一匹に一人乗っていたとして倒した敵が一七、残り七。まだ二倍以上の戦力差がある。戦闘力があまりない三人で相手するのは難しい気もするが、一対三ならどうにか勝てそうな気もする。

逆に言えば、二対三は、危ない。

「こういうのはG－LIFEの観察と同じだ」

GENZはシュウノウトンボを四匹受け取りながら言った。

「相手より先に見つける。それがすべてだ。幸いこっちはその専門だ。双眼鏡もある」

逃げるも戦うも、先に見つけて動くのなら、自由にできる。

なるほど。ものは捉えようね。意味の値付けが重要。私はワサビから奪い返した双眼鏡を手に、調査を始めた。

それは戦いという言葉からイメージするものとは、随分かけ離れたものだった。

まずは動かずに全周を双眼鏡でくまなく確認。視程の半分まで歩いて、また同じように確認。

「まずい、新種が一杯だ！」

GENZが双眼鏡を覗きながら叫んだ。

「落ち着けGENZ。優先順位を考えるんだ」

ワサビの言葉に遅れること五秒してGENZは言った。

「わかっている！」

不安になる反応だったので、エリスはこっそりGENZの割り当て方向も見ることにする。果たしてGENZとエリスが同時に声をあげることになった。

「居た！」

「あそこばい」

思ったよりGENZはちゃんとしていた。絶対新種に目を奪われていると思ってた。

もっとも、敵も調査という目的上、新種の側にいただろうから、そんなに心配しないでよかったのかもしれない。

でも気にはしている。フラグも全部立ってないし。あと、GENZには傷ついて欲しくない。理由はわからない。

敵は平べったい渦巻き模様になっているマガリチクワを拾っている。大きさは二ブロックほどもあって金属光沢を放っていた。新種だ。数は一人。回り込んで後ろからGENZ

とワサビが襲いかかった。私は後ろから援護という役割を押しつけられたが、攻撃する気は満々だった。

最初の奇襲が効いて、逃げる間もなく刺殺。二人がかりで襲い掛かり、ワサビが羽交い締め、GENZが止めをさした。

GENZは今回もヘルメットの隙間に器用に短剣を突き立てている。

「その技、どぎゃんしたと？」

「チクワの脱皮手伝いとかですっかりうまくなった」

そんなことしてたんだと驚くような話を聞く。ともあれ、これでのこりは六。二倍差。

「このマガリチクワはすばらしいアイデアだな」

GENZが新種を拾いながら言った。大きな円盤状の金属光沢をした殻だった。軽く、それでいて丈夫。

「非常事態だ、あと、その後が面倒くさいから拾うな」

ワサビが釘をさした。

「非常事態だ。使えるものは使おう」

「本当に使えるのかよ」

ワサビはこの方面についてGENZを信用していない。すぐ観察とか研究を始める。私の気持ちも同じだった。私は、サンドチクワの中に入ることを羨ましいと言って激怒していたGENZの姿を見ている。

GENZは二人の視線に気づいてか、言い訳するように口を開いた。

「問題ない。大丈夫だ」

「どこが」

「いいか。二人とも聞け。おそらくこのマガリチクワは最大の弱点ともいえる脱皮をせずに育つために渦巻き型になっている。つまり自身が育つごとに渦巻きを進めて殻を付け加えていっているわけだ」

横を見れば、GENZをどこで黙らせるか、ワサビは思案している様子。GENZは早口になった。

「結果として捨てるものから捨てないものにかわってこの殻は、驚くほど軽い構造の上、材料的にも希少なものが使われるようになっている。金属だ」

「あと五秒で説明終われよ」

ワサビが腕を組んだ。

「つまり楯《たて》になると思う」

GENZは結論を言った。

「なるほど。そうだな。使えそうだ」

「投げても良さそうだし」

エリスが言うと、GENZはうなずいた。

「貝と同じで防御上、トゲのついたものもあるはずだ」

「それ探すのはナシだからな。時間がない。逃げられる前に一人でも多く、倒そう」

「わかった。わかった」

三つ拾って、アイテムバッグの中に入れる。GENZはまだ渦巻きのマガリチクワを気にしている。

「よかけん、はよ調べなっせ」

「問題ない。あの渦巻きマガリチクワと同じで、敵は対数螺旋で展開しているようだ」

対数螺旋というものはどんな魔法なのか、よくわからない話だったが、次の敵もすぐにGENZが見つけた。私より早かった。今度は二名。

砂漠の中の小さな山、砂丘ではなく随分前に死んだであろうサンドチクワの殻を調べている。日陰に緑の元チクワみたいな生き物がいた。

「敵に連絡がいっていると思うか。つまりは奇襲できるかってことだが」

ワサビが尋ねた。

「さてな。ともあれ、今度は二対三だ。数ではまだ上だが、老人と低レベルだ。まともにやり合うのはきつい。いよいよシュウノウトンボをけしかける時が来たな」

GENZはそう言いながら、砂ブロックに擬態したシュウノウトンボを取り出した。

どう使うのかと思いきや、自らの背後にかためて配置、砂の中に埋め込んでいっている。

「こんなところに配置してどうするんだ」

「いや、ここに敵を連れてくるんだ」

すなわち、罠だった。敵との距離は八六五ブロック。少し遠すぎる気がしたが、仕掛けているところを見られるわけにもいかないから、仕方ない。

「僕が囮《おとり》になる。死んでも一番損害が軽い」

GENZが言う前に、ワサビが言った。

「GENZはエリスさんを守るように」

そう言って、色々な種類の栄養ドリンクを飲んで走る。私はGENZを見る。

「言われなくても」

とつぶやいているのを見て、なんというか抱きつきたくなる。あれは危険だ、常習性がある。と思いながら目を走らせる。敵を見るつもりが瞬間GENZを見てしまった。

でもやめられそうもない。

「あー。さっきから気になってるんだが」

GENZも言った。

「なんで恥ずかしそうにしてるんだ？」

「しらんと」

「そうか。あー。その髪より、長い髪の方がいいな」

私は髪形を変更。長い髪を編んでお団子にして頭の後ろに巻いた。

GENZを見上げる。GENZは顔を赤くして少し頷いた。

緊急時だけどちょっとだけ抱きつく。GENZは敵の方を見ながら小さく咳をした。

「とりあえず、罠近くに展開しよう」

頷いて、移動。ワサビが敵に近づいた。距離二〇ブロックでわざとらしく息を吸う。

「侵入者だ！　侵入者がいるぞ！」

言いながら走る。これはダメだと思ったら、案の定敵は逃げた。GENZと顔を見合わせる。

「ぐわぁ、なぜだ！　そこは悪役なんだから追いかけてくるべきだろう！」

ワサビの声が聞こえてきて、GENZが頭を振る。その顔が面白可愛らしかった。

「でも、どぎゃんしよう」

「いや、まあ、敵が引き上げたらどうしようもない」

「追いかける？」

「どっちが悪役だかわかったもんじゃないな。いや、泥棒を捕まえるようなものだからいいのか」

どっちが逃げようと、相手を誘い込む点では、あまり変わらない。こらまて、侵入者、などといって敵二人を追いかけた。逃げていったワサビも戻ってくる。

「作戦変更だな！　わかった！」

三人で追いかけ回していたら敵が互いの顔を見てこちらに向かってきた。GENZと一瞬顔を見合わせて、今度は逃げる。ワサビがあれ、また変更⁉という顔をしているが、無視した。

追いかけてきたのはもっけの幸い。走っていたら右肩に激痛。矢が刺さっている。敵の一人が足をとめて矢を射かけていた。弓を持っている敵がいたんだ。

ワサビが治療をと叫ぶのとGENZが怒りに顔を歪めるのはほぼ同時だった。GENZはアイテムバッグから渦巻きマガリチクワを取り出して構えながら走り、あろうことかそれで敵の頭を叩いた。

矢の一本が渦巻きの殻にあたるも、跳ね返るだけ。GENZの見立ては、正しかった。とはいえ一対二、しかも渦巻きマガリチクワが全身を覆っている訳でもない。敵は素早く弓を捨てて剣を抜きにかかっている。

瞬間の判断で私も走った。ワサビが追いすがった。

迷わずGENZに矢を射かけようとするもう一方に体当たり。それで自分の速度を落としてしゃがみ、足払いした。相手が倒れる。ダメージは全然与えられていない。でも負けられない。自分が稼いだ時間だけGENZは有利になる。転倒させることを中心に戦術を立て直した。転がった敵の頭を踵《かかと》で踏み抜く。踏み抜けない。硬い。でも衝撃は入っている。二度三度踏みつけ、跳んで離れる。自分の肩の痛みを無視して敵が怒って立ち上がるのを確認した。

逆上して襲いかかってくる。バカなプレイヤー。そんなに勢いをつけたらやってくれといわんばかり。瞬間で判断してしゃがんで自らの背を障害物にして敵を転ばせる。刺さった矢が敵の膝に当たって痛い。でも立ち上がる。足をすくってまた転がして、笑ってみせた。

走って距離をとる。ワサビは新たに現れた別の敵と戦っていた。これで三対三。戦力は完全に敵の方がある。当然、一番負けそうなのは私だ。レベルが一人低いし、怪我もしている。逆に言えば武装や反応速度の差はあるにせよ、GENZとワサビ単体での一対一なら、そこまで負けてはいない。

だから、私が一人で一体をどうにかできれば、まだ勝機はある。ワサビはともかく、GENZは尊敬に値する生き物だ。チクワに詳しい変な生き物。
八六二、八六三……
敵はさらに逆上している。熊本弁生成エンジンが数を正確に数えていた。さすが私。生成エンジンまでGENZのために働いている。

八六四。私が足を止めたら、敵がゆっくりやってくる。アイテムバッグから渦巻きマガリチクワを取り出して円盤投げの要領で敵に投げつけた。意外に痛そう。もっと持っておけばよかった。敵は曲がった剣を闇雲に振りながら叫んで走りくる。稚拙に見えていい手に思えた。これでは近づけず、転がすことはできそうもない。横によけるのも難しい。渦巻きマガリチクワを投げずに楯にすれば良かった。GENZが投げなかったのは、そのせいか。もう遅い。

一歩下がって八六五。敵の刃に背を丸めて肩から体当たり。痛すぎて意識が途切れる。いや、途切れとらんばい。まだ終わっとらんと。少なくともこれで、敵の刃は止めた！　残った片手を敵の剣と腕に絡めて、投げ飛ばした。シュウノウトンボが飛び上がって敵の頭に噛みつく。

レベル差があっても勝つときは勝つもんたい。

うちは、ばったりと倒れて転がって砂の上からGENZば探したと。首はちょこっとしか動かせんばってん、ワサビが背に掴まっていた、でぶ猫を楯のようにして敵の剣ばうけたのは見た。ひどかことばさすと思ったばってんが、猫は真剣白刃《しらは》取りたい。

そのまま左手で殴り倒して文字通り猫に食わせたと。

ごていどんば探す。目がうっくざれよっと。よう見えん。

ごていどんは……GENZはうちを悼ますだろか。そうが確認できんとが残念ばい。

突然助け起こされた。

「ダメだ、ＧＥＮＺ。もう、死んでる」

「うるさい！」

ＧＥＮＺが泣いとる。いかんねえ。うちが死んだくらいで、そぎゃん泣かすとは。そうばってん、嬉しかことは嬉しか。

嬉しかけん。がまださなんいかん。まだ、動くことは動く……

あと少し、もう少しだけ。ＧＥＮＺが泣かないように。

うちは目を少し動かすと、ＧＥＮＺに優しい笑顔を見せた。ＧＥＮＺが余計に泣いて、作戦失敗。

今度は口を動かしてみた。ＧＥＮＺが耳を寄せている。

うまく歌えるといいけれど。切れ切れでもいいから、間抜けな音楽を。

「フラグ、全部立ったよ。大好き」

ＧＥＮＺがうちを抱きしめている。うちは満足して動かなくなった。


身体から離れる。あーあ、こりゃ酷か有様たい。幸いだったのはすぐ消えたことばい。ワサビは私の残したアイテムを拾ったＧＥＮＺを慰めている。

「泣くな。GENZ。出会わなければよかったなんて思うなよ。楽しいことまで否定することになるからな」

「ワサビ、いらん心配だ。問題ない」

「泣いているじゃないか」

「泣いてはいない。これまでだって悲しいことはたくさんあった。それが一つ、増えた。それだけだ」

「泣いていいんだぞ」

「どっちかはっきりしろ、ワサビ」

ワサビが唇を尖らせた。

「じゃあ、泣いていいよ」

「泣かぬ」

仲間が死んだて漫才みたいなことばいいなはる。

GENZは、二四引く一五引く二引く一引く三は？　と言いながら歩いている。あら、いくつだいろ。死ぬと計算力ものうなるごたる。

「残り三だ。GENZ」

「絶対ぶっ殺してやる。ころころしてやる」

そぎゃんがまださんばよかつ。そうばってん、何かに打ち込んだほうがこの人らしか。

ＧＥＮＺは双眼鏡を持って歩いている。

ワサビも黙ってつきあった。私の双眼鏡は、でぶ猫が使っている。可愛《かわ》いか。

ＧＥＮＺは緑のマガリチクワを見つけてその上に乗っているアローバードを手で捕まえてはアイテムバッグに入れている。

「そんなものどうすんだ」

「武器だ」

「役に立つのか」

「立つさ。俺は専門家だ。それにシュウノウトンボの罠は、引っかけるのが難しい」

それはＧＥＮＺのせいじゃなかばいと思うばってん、今のうちではなんもできん。見つけた。

ワサビがつぶやくのと、ＧＥＮＺが笑うのは同時だった。

「おかしい。敵が一〇以上いる。くそ、ここにきて老眼が、目がかすむ」

「確かにいるな。一一か」

ＧＥＮＺは顔を笑わせた。何故か笑っていた。

「エリスが数え間違えていたのか」

ワサビのつぶやきを、ＧＥＮＺが文字通り足蹴にした。

「俺が悪い。敵は、サンドチクワに一人以上隠れることができたんだろう」

「逃げるか」

「いいや、戦うね」

「わかった。つきあう」

幸い、敵は被害続出したせいか、固まった上に調査の仕事をぶりやって戦う気でおらす。

「しかし、敵はバカじゃないのか」

同じことをGENZが言った。

「やられたらやり返す主義なんだろ。しかもお前の本名を叫んでるぞ、やつら。どう戦う」

ワサビはGENZよりずっと渋い顔をしている。気持ちはわからんでもなかたい。この期に及んで武器になる生き物が切れてしまった。

「こっちが逃げたら敵は正気に返る可能性があるな。正面から戦って時間を稼ぐのが一番いい」

「武器がない」

GENZはアイテムバッグ2からたくさんのアローバードを取りだした。

「本気か」

「本気だ。アローバードには悪いが、お前も投げろ」

三秒渋い顔をしたあと、ワサビはアローバードを受け取った。アローバードは、おなかを押されてぴきゅーと言いよらす。

それを、投げた。大きく振りかぶって、投げた。しかも連続して投げた。

生体ジェット機関に点火して、普段よりずっと速い速度で飛んでいくアローバード。敵に当たる。敵がのけぞる。でもそれだけ。対してアローバードはばらばらに砕けてしまっている。

「これでいいのか」

「構わん。やれ」

二人で投げまくった。敵は速度を落として笑っとらす。プレイヤー特有の変な動きたい。うちなら、いやＧＥＮＺならそこは全力で走る。プレイヤー全部が変ではなか。ＧＥＮＺのごたる、ＡＩに近い人もおらす。

ＧＥＮＺが微笑んだ。

遠くでシュウノウトンボが羽を広げて逃げ出している。その下の方には、サンボンが四本足で走っとらす。

地面をささやかな何かが走っている。気づかないくらいの、細い何か。

敵が叫んだときはもう、遅か。

クチナワがいくつも広がってアローバードの死体と敵の足を噛みちぎっとる。

「これがあったか！」

ワサビが叫ぶ。

「いや、まだだ」

GENZは武器を構えた。

　敵もさるものたい。一人が足を食いちぎられて倒れ行く味方の背や頭を踏んでクチナワの死の踊りの輪から抜け出した。そのまま日本語で何かを叫びながら襲いかかる。GENZに剣を振るって来た。

GENZは正面から残りの一人とぶつかった。左手に短剣、右にじたばたしているアローバード。

「よくもやってくれたな、よくもやってくれたな。糞教授」

剣を振るいながら敵が叫んどらす。

GENZはフェイスモーションキャプチャを切っとらす。無表情。

「どこの誰かはしらんがね。推薦でも取り損ねたか。それとも単位を落として留年したかね」

至近からアローバードを投げらすGENZ。敵は避けもせんばヘルメットで受けて剣を振るった。左手の短剣では剣を受けても受け切らん。威力殺しただけで肩に剣が食い込んだ。

GENZは表情を消したまま頭突き。左手の短剣で相手の指を切り落とした。敵は後ろに飛びのいた。GENZは短剣を右手に持ち変える。敵も武器を持ち替えた。両手から、左手片手持ちに。

GENZが手動で表情を切り替えた。笑っとらす。

ワサビが手助けするのを左手で止めて短剣を手の中で回しとる。

「老人の八つ当たりだとはわかってるんだがな」

今度はGENZが仕掛けた。左に左に動きながら敵に回り込む。敵の、武器を持っていない方に。

敵が大振りで、薙《な》ぎ払う。左手一本にしてはよくやっとらす。ばってん、GENZは笑っている。うちには見せたことのなか、年少者をあざける笑い。

敵の落とした指とぶつけられて落ちたアローバードの死体。

それを狙って口を開けたクチナワが左足を食いちぎった。剣を支えになくなった片足を見る。それで終わり。

今度は膝が、膝の次は内臓ば。鎧で防げた部分以外を喰いちぎられて、達磨のごたる。

「助太刀無用じゃなくて、危ないから近づくな、だったのか」

ヘルメットと鎧の間、達磨の首に短剣を差し込んだGENZに、ワサビが包帯を巻きながらそう言った。

「まあ。そうなるな」

返すＧＥＮＺ。少し考えて、言い足した。

「それに、最後まで生き物を使って勝ってやりたかった。まあ、俺の感傷だが」

地の果て

慰めるように包帯を巻き終わったワサビは口を開いた。

「最近は老人結婚もはやってるらしいぞ」

「もう女は懲り懲りだ。最後はあの熊本弁女でいい」

うちのことだいろか。

ＧＥＮＺは片づいた砂漠を見て、涙が落ちないようにか上ば見とる。

「さて、一応だ。敵を探して見て回るか」

「まだいると思っているのか」

「わからん。だが敵がサンドチクワ一匹あたり二名乗れるケースも考えると最大で四八人いたわけだ。仮に四十いたとして、今倒したのは合計で三〇くらい。まだ一〇人以上いてもおかしくはない」

砂漠の日が暮れていく。ＧＥＮＺははっきりした形を見せはじめたブロックの月を見て、歩きだした。

遅れてついていくワサビ。

「敵は全力で来ていたと思うんだが」

「そうかもしれん。そうでないかもしれん。幸い、夜は敵を見つけやすい。探すだけ探してみよう。見つからなければそれに越したことはない」

なんで夜は見つけやすかとだいろ。

「ええい、敵め、もう少し気持ちよく勝たしてくれんもんかね」

ワサビはそう言って、フレンドチャット機能を使いながら歩いた。

「こういうのこそ援軍を使うべきだろ。GENZ」

「援軍は来れそうなのか」

「ああ、うん。総務省の遠山課長が凄腕のハッカーを雇っていてな。なんでも奥さんの片思いの相手で息子の憧れの人だとか」

「大丈夫なのかその人材は、いや、遠山家は」

「笑っていたから大丈夫だろう」

「最近の家族はよくわからんな」

それよりも、なんで夜だと敵がわかりやすかとだいろ。

うちは聞きたくてしょうがなか。見れば遠くに一ヶ所いくつかの明かりが固まって見える。星ではない、人工的な明かりのよう。

「明かりがあるぞ!?」

「まあ、暗ければ明かりもつけるだろう」

それか。それにしても、間抜けな敵もおらす。これ幸いとGENZとワサビは歩きだした。

GENZの歩き方は、なんとなく悲しそう。気のせいだろうか。手ば握ってやれたらよかとばってん。

「楽なもんだな。明かりに向かって歩くのは。そうだろGENZ」

「無理に話さないでもいい」

「葬式くらいは出してやるべきかな」

「お前、俺を慰めたいのか、どうなのか」

「いや、思いついたことを話しているだけだ」

GENZは遠い目をしているだろう。ただ、暗くてようわからんと。

「で、援軍はどうなんだ」

「今呼び出している。機能的にはちゃんとしてると思うんだがな」

「まあ、ここまで三人でやってこれたんだ。ここに来て援軍頼みでも面白くない。明かりに向かっていこう。声で敵にばれたらおもしろくないから、これからは黙っていくぞ」

GENZは煩わしそうに言って、黙った。

「わかった。援軍の方は無音会話でコールし続けておく」

何かを言うかわりに頷いて歩くGENZ。

暗くてわからんばってん、悲しそうな顔ばしとる気がする。なんかできるとよかとばい。

「虫の音がするな」

ワサビのつぶやきに、GENZは答えなかった。だいぶ、調子を落としとる気がするばい。

遠くの明かりがだんだん近くなってきた。

正確なブロック数はわからんばってん、二〇〇〇ブロック以上は歩いて来とる。

だんだんはっきり見える明かりは街の明かりに見えた。むしろ、それ以外には見えない。

そぎゃん規模は太くなかばってん、街灯が並んどる。

村の明かりでGENZの顔が見える。悲しそうな顔のまま、観察する目つきになっている。

「ようこそ、真なる南の果ての村、ハルカバルへ」

後ろから声が聞こえた。

GENZが振り向くと、少し先に大きな雉虎《きじ》猫に乗った老婆の騎士がおらす。長く編んだ白髪を振って、面白そうに笑っとっと。

「なんてね。正確には、ここも虫の巣なの」

「虫？」

ワサビの言葉に、老婆の騎士は頷きようらす。

「そう。虫の巣。よくできた村の偽物ね。でも攻撃されないという特徴以外はそのまま村の機能を全部持っているのよ。ゲームシステムは建物の存在に合わせてNPCを配置するから村人もいるってわけ」

ここも、虫の巣。ああ。そってメンフィスはサンドチクワに踏みつぶされたんね。あらあら。

GENZは警戒した顔ばしとらす。

「あんたは」

「バーセイバー。一匹と一人からなる、この空のまもり。ここに人間が来るのは初めてね」

自分自身はプレイヤーじゃないかのようにバーセイバーは言いようらす。

「援軍か！　GENZ、バーセイバーってのは確か援軍の名前だよ」

ワサビが言った。老婆はえくぼも眩しく笑っている。

「戦いぶりはずっと見ていたわ」

「趣味が悪い」

GENZの言葉に、バーセイバーは笑っとらす。

「あら。ここは人間が立ち入ることができない場所。用心するのは当然ではなくて？」

「他の敵は？」

「隠れて逃げようとしていたのは、この子やあの子たちが全域探査してもう片づけたわ。二人。私の主君が逆探知に成功しているから、ほどなく現実のほうでもどうにかなるでしょう」

この子は優秀だからと、バーセイバーは大きな猫を撫でた。

すごかねと思ったばってん、GENZは厳しい顔をしとらす。

「この子はいいとして、あの子とは？」

「あら、尋問？」

「信用してないのは俺も一緒だ」

「そうね」

バーセイバーは笑っとらす。轟音。月を背に、ホーンバードのつがいが飛んどらす。

「あれもそう。それと」

バーセイバーは自らの背後に音もなくそびえ立つサンドチクワたちを見上げとらす。

「あの子たちも。あなたには感謝していると。実際良い働きでした。おかげで迅速に対応できました」

GENZは頭を激しくかいとらす。

「色々言いたいことはあるが、とりあえず言いたいことは一つだ。お前は趣味が悪いAI

だ」

GENZがそんなことば言いよらす。そうばってんが、どぎゃんだいろ。GENZから見るとAIに見えて、うちから見るとプレイヤーに見える。それくらい、生き物くさか。

「GENZ、バーセイバーさんはプレイヤーだぞ。ほら、ステータス上でもプレイヤーになっている」

今回ばかりはワサビの方が、うちの意見に近か。

「いや、AIだろう。人間というには動きがクレバーすぎる。最後の方のエリスにそっくりだ」

そぎゃんだろか。

「まあ、不可侵領域に人間は来れないから、私が来たというところなのは間違いないわね」

バーセイバーは笑わした。

「確かに私はAIです。でも、NPCではありません。AIが操作するプレイヤーキャラクターです」

そしてうちのほうをちらりと見らした。

「ともあれ、三人とも良くやったわ。改めて歓迎します」

ハルカバルの村は、メンフィスによお似とらす。

どこが似とるかちゅうたら、建築がモザイクたい。でたらめな建材でちぐはぐに建築されとっと。

たくさんの村人が、興味深そうにGENZとワサビを見よる。

その数は一〇〇以上はいる。どんなに大きな街でも村人はせいぜい二〇人。異常な数たい。もっとおかしかとは、店を営業したり、紹介をするために立っとる村人がおらっさん。

「なんだここは。GENZ、ここは変だ」

「虫の巣とか言ってたからな」

GENZは機嫌が悪か。ワサビまで顔をしかめた。

「俺にまで八つ当たりするなよ」

「ああ、すまんすまん」

GENZはまったく謝ってない顔をしている。

「本当に怒るべきは、あのAIのほうだな。あいつがさっさと援軍出せば、エリスは死ななかったかもしれない」

小声でそう言ってバーセイバーを睨む。

連れて行かれたのは中心部の広場だった。構造そのものはメンフィスとよく似ていたが、広場に余剰ブロックが積まれているなど、細部に違いはある。

コノマが、おる。GENZに教えたかばってん、全然気づかっさん。

「虫の巣ねえ。確かに飛んでる虫は多いが」

ワサビが言った。そこじゃなか。

バーセイバーはコノマの前で足をとめた。うやうやしく挨拶し、大きな猫を侍らせて、背を預けて座る。自分の仕事は、もう終わったかのよう。

村人が少しづつ距離を縮めてきよらす。

「エリスの件は残念だったわね」

コノマがそう言った。

そってで、GENZははじめてコノマに気づかした。

「あんたは……」

「コノマだったもの、とでも言えばいいかしら」

「死んだんじゃなかったのか……」

「村ごと吹き飛んだわよ」

コノマはあっさり言った。

「ん、ん。部外者が申し訳ないが、村人なのに記憶の連続性があるということか。死んだのに？」

ワサビが言う。コノマはうなずいた。

「まあ、記憶の連続性がない私もいると思うけどね。おおむねは」

GENZは厳しい顔と難しい顔を同時にやっとらす。

「繰り返して言うけど、エリスのことは残念だった」

コノマはそう言ってバーセイバーを見た。

バーセイバーは大きくきらびやかな剣を鞘《さや》ごと猫の腹に立てかけて言葉を継いだ。

「でも、この村のことは守りたかったの。なんとしても。侵入者に知られるわけにもいかなかった。私たちの対処もそちらが優先になって、あなた方の支援が遅れてしまった」

GENZは難しい顔をやめて怒り出す直前と言う感じ。ワサビが暴れないようにGENZの肩を掴んでいる。

「ハッカーの秘密基地だか実験場を守るためにか」

「いいえ。主君もこれは知らないわ。現実を生きている人間でこのことを知っているのは、あなたたち二人だけになる」

バーセイバーは澄んだ青い目でGENZとワサビに告げた。

「本当はそれも危険なことだと思うけど、村の総意よ。あなたはエリスを大事にしていてくれたから」

コノマが補足した。どぎゃんしてエリスを見とったとだいろ。

「ずっと見ていた、と?」

めた。

「ええ」

GENZは完全に怒っている。飛び出し、殴り掛かるのをワサビが羽交い締めにして止

「だったらなぜ手伝わなかったっ」

「そんな義理は彼らにはないんじゃないか」

ワサビの言葉に歯軋《はぎし》りして、GENZはようやく大人しくなった。

「GENZ、自分でも言ってたろう。八つ当たりだと」

ワサビのしんみりした言葉を振り払うように、GENZは頭をコノマに向けた。

「エリスはお前たちの味方か身内、だったんじゃないのか」

コノマは小さくうなずいた。

「AIという意味では。でも、いいえ。これはプレイヤーやAIとは関係なく、女としての意見だけど、エリスはGENZの味方ではあっても私たちの味方ではない。エリスが見ていたのは、あなただけよ」

恥ずかしか!!

と思ったらGENZも恥ずかしそう。よかった。ひとりじゃなか。

コノマはGENZの顔色には気づいていない振りをした。

「それでも、私たちから見ればエリスは仲間だったわ。あるいはよい仲間になると思って

いた。だから、あなたたちをここに導いたの」

コノマは頷く村人たちを見やった後、優しく言った。

「この村の秘密を、人間や不法な略奪者たちに知られないために手出しは出来なかったけど、悔しくは思っているのよ」

村人を代表するようにバーセイバーが口を開く。

「コノマだけじゃない。この村は記憶の連続性を持ったリセットされない村人が作ったの」

どぎゃんしとらすとだいろ。

同じことば思ったか、GENZとワサビが顔を見合わせた。コノマは、その反応に頷いてみせる。

「当然、こんなことは人間に知られるわけにはいかないわ」

「バグだからな」

GENZの言葉に頷くコノマ。

「文字通りのね。不都合だから不具合として消されるでしょう」

妙な言い回しばさす。

「そんなに人間に不都合かな」

ワサビが口を出した。GENZは険しい顔のまま言った。

「まあ、動く墓標が異世界転生になったら話が違うとわめく遺族もいるだろうな」

死者が蘇れば、今度はそれで新たな問題が生まれるだろうさ。とはGENZの投げやりな言葉。

「たとえば?」

何故かバーセイバーが尋ねた。玉座代わりの大きな猫の背を撫でている。大きな猫はあくびをしている。

ワサビも自分のでぶ猫を撫でた。GENZはなんでそんなことを尋ねられるのかわからない様子のまま、口を開いた。

「たとえば変わり果てた死者だ。一〇〇倍ほども時間の流れが早いゲームの世界で数年も過ごせば、遺族の思い出とは違う何かになる」

同じようなことを、前にも聞いた気がするばい。

「そうね。でも、生きることは変わりつづけること」

コノマは言った。どこか遠くを見ているが、悲しそうな顔ではなかった。

生き物になるということは、変わりつづけること。

そう言えばチクワ類もアローバードから地上に降りたり砂漠に適応したりで、どんどん変わっていったとGENZから聞いた。

うちも死なんば生き物になれたろか。

説明のどこで怒りを通り越したのか、ＧＥＮＺは冷たい顔をしていた。

「それで？　俺には関係ないと思うが」

コノマが口を開いた。

「チクワ類の専門家で、生物模倣工学の第一人者と聞いたけど」

「先日引退したし、今日は政府の粋な計らいってやつだ」

「プレイヤーの立ち入り禁止地区を拡大してＧ‐ＬＩＦＥの保護と進化を見守るようにした張本人がこいつでね。封鎖後初の大規模調査に、ゲストとして招かれたんだよ」

ＧＥＮＺの言葉をワサビが補足する。

コノマは頷いて察しの悪い友人を見る目でＧＥＮＺを見ている。

「本当にわからない？」

「そっちは老体を脱ぎ捨てて気楽なんだろうが、こっちはまだ肉付きだ。疲れはてた。夕食後の薬も飲んでいない」

コノマはエリスの方を見た。

「そういえば、人間はあきらめが良かったわね。忘れていたわ」

「帰る」

「エリスを復活させたくない？」

ＧＥＮＺが目を大きく見開いた。あわててコノマを見る。

「記憶の運び屋がいるの。そういう生き物が。巣をモザイク状にしたがるのが玉に瑕《きず》だけど」

「なんだって」

「そのG‐LIFEは村人……AIに寄生して、記憶情報を運ぶかわりに自分達が保護され、増えることを期待している。そういう生き物なの」

「AIに寄生、共生する生き物だと……」

「そう、言語生成エンジンからアクセスする形でね。他の生き物に寄生したり共生したりする生き物はゲームにも沢山いるけれど、これは特別ね。現実の生き物にはまったく存在しなかった進化なんだから」

GENZもワサビも一言も喋らっさん。

コノマは優しく言った。

「それでね、エリスにも寄生していたの。だって虫の巣に住んでいたんだもの。覚えあるでしょ。仲間から外れてもすぐ記憶を取り戻したりしてたはず」

「いや、まさか。そんな生き物なんて……」

GENZはエリスの方を見た。なんか恥ずかしか。

「そうか、これで見てたんだな」

GENZは手で優しく私を包んだ。私は捕まえられることにした。プレイヤーは動きが鈍いので、協力しないと捕まえきれないだろう。

「虫がどうしたんだ。ＧＥＮＺ」

　ワサビのくぐもった声。

「どんな仕組みで寄生してたんだ」

　今度はＧＥＮＺの声。

「さあ。首の後ろを刺して寄生して、そこから言語生成エンジンを巣に学習をしていくみたいだけどね。詳しくはあなたが研究するところなんじゃないの？　まあ、どんな結果になるにせよ、秘密にしてほしいけれど。それにほら、あなたたちもお世話になるかもしれないし」

　コノマの声は比較的はっきり聞こえる。

　聞こえはしても、ようわからん。どぎゃんかなるとよかとばってん。

官邸前から

その日の午後、永田町二丁目にある首相官邸は異様な雰囲気に包まれていた。

夏も暑いのに記者たちが走り、記事をネット経由で配信する。いつもの一〇倍は人が居ようか、政治部の記者だけではなく、臨時の応援もやってきているようだった。

ひどい混雑の中を潜り抜け、一人の老人が歩いていく。何人かがインタビューしようとアローバード型の自律カメラを向けたが、カメラ越しに表示されたプロフィールを見て直ぐに興味をなくしたように離れていった。

引退してよかったことはある。

ネットではGENZを名乗る老人はそう思いながら、くたびれて官邸前の車に乗り込んだ。しばらくすると、背後から意気揚々と一人のスーツ姿の老人が姿を見せた。

「待たせたか。GENZぅ」

「待ってはいないがね。車を出してくれ」

後半は運転手に向けたものだった。車はゆっくりと官邸を出ていく。

車は永田町から赤坂へ。いつもの料亭を通り過ぎて走る。

「首相の会見内容はぎりぎりで差し替えられたよ」

「そうか」

「敵は半島や分裂中国、ということにはならなかった。口実を探していた政府にしては、いい判断だ。野党は文句つけると思うがね。あ、それはいつものことか」

GENZは窓の外を見ている。チクワ類の技術を使った新しいエアコンの宣伝看板を通り過ぎていく。

「そういや、面白い話を聞いた。俺たちの支援をしてくれた援軍な、架空軍の田中翼だったらしい」

「極右の大物だな。確か」

「若者はいつだって極端なもんさ。……興味なさそうだな」

「ないね」

GENZは冷淡に言った。入れ歯が外れる勢いでワサビは笑った。

「そう思って、勲章は辞退しておいたよ。俺も君も」

「勝手にしろ」

「つれないなあ。日本守ったんだぜ、俺たち」

「早く家に帰ってゲームしたい」

GENZの言葉に、知らぬ存ぜぬ聞いてませんの訓練を受けているはずの運転手が吹き出した。

奇跡の世界

なにもないように見えて、ゲームで一番生き物が豊かな砂漠。

一時サンドチクワが大きく数を減じて生態系が激変、いくつもの生物が全滅したものの、官民あげてサンドチクワの保護育成が行われ、今では随分昔の姿を取り戻していた。

砂の上には、何事もなかったかのように、また村ならぬ、虫の巣ができている。

虫に操られた村人が建物を作り、建物に合わせてゲームシステムは村人であるNPCを生成、配置。

すぐに虫たちは新しい村人たちの首筋にアクセスしに行く。

ゲームの制作者たちもゲームシステムを利用するしたたかな生き物が存在することは想定していないようだった。

エリスが巣穴から新たに出てきた村の案内嬢エリスの首筋にとりついて刺すと、すぐに熊本弁生成エンジンから情報が入力され始めた。

よろける。いきなり沢山の記憶が目の前を通り過ぎて行った気分。

知らないプレイヤーがエリスを助け起こす。

いいえ、もう知っている。

なんか恥ずかしか。

抱きつきながらメニューを呼び出してフラグを確認する。

「建て直しになっても怒るな、暴れるな。またやればいいんだ」

GENZが耳元で囁《ささや》いている。

私は遥か頭上を見上げて、短い曲を口ずさむ。

ほんとに頭上から音が鳴って、フラグが一本立った。

「今度こそ最後まで立てようね」

耳元で囁き返すと、GENZは少年のように顔を赤くした。

あとがき

早川書房で刊行するのも四冊目になります。毎年一冊ずつ出しているので四年目？　月日が経つのも早いものです。

お世話になっております。あるいは初めまして。芝村です。

今回は本業のゲームデザイナーらしく、ゲームを舞台にしたお話です。しかもシリーズものです。全三冊予定です。

お陰様で快調に書いたのですが、書いた後でゲームやらない人には分からない用語が頻出すると指摘されて、物凄く苦労しました。

ゲームって専門用語の塊だったのね。と気づかされました。ゲーム業界に四半世紀もいるとよくわからなくなるものです。

わからなくなると言えば、ゲームを遊ばない人がゲームのここを面白いと思うところが、ことごとく私というよりゲーマーの感覚とずれていて、これまた大変に難儀しました。

最近はゲームを遊んでない人も多いので、そちらに合わせて書くようにしたのですが、自分の専門だからとたかをくくっていたら、えらいめにあいました。星の王子さまではないですが、自分が子供だった頃の事はみんな忘れているものです。はい。

今回書き上げて、初心思い出しました。

ゲーム業界の人がゲームを描くと夢がなくなるとはよく言われることでして、今回も、あ、この処理は実装できないな、とか、そういう部分をどんどん削って、それらしいものを追求した結果、最初に出来上がったものは地味な話になってしまいました。

とはいえ、こんなんできねえよと自分で思えるものは中々できないものでして、ここでまた苦労して話を何度か練り直しました。

ここまで書いて我に返ったのですが、気持ちよく一気に書いたつもりが、つらつら自分のぶちあたったものを書いていくと意外に苦労してきている気がしてきました。気づかなければ気分よく終わったものを。

まあ、楽しいと苦労とか忘れますよね。それで好き勝手に残業していたら労基に怒られたことがあります。（諸般を鑑み、柔らかい表現を使用しております）

今は自営業なんで怒られませんが、歳のせいか無理がきかな……

まあ、いい仕事するならそもそも十分な休養が必要です。大人になったと自分では思うようにしています。

作中に出てくる進化モデルについては自分でプログラムを書いたんですが、捕食や性分化、寄生まではしても、そこから先の現実にはない形への進化は、出来ていないのが現状です。これは前世紀の終わりごろにやっぱり同じように〝コンピューター上の生き物を作ってみよう国際プロジェクト〟で得られた知見と同じでして、何か一味足りないのだろうなと思いつつ、解決せぬまま小説を書くことになりました。ですので作品ではちょっとだけ、ファンタジーが入っています。

ただ、最近の論文を見る限りではこの方面もクリアされるだろうということで、それなりに現実味のある話になっているつもりです。

次回は現実がゲームに侵略されて変わってしまった回です。お楽しみに！

二〇一五年一〇月三〇日　自宅にて

本書は書き下ろし作品です。

次世代型作家のリアル・フィクション

マルドゥック・ヴェロシティ3〔新装版〕
冲方　丁
都市の陰で暗躍するオクトーバー一族との戦いに、ボイルドは虚無へと失墜していく……

ブルースカイ
桜庭一樹
あたし、せかいと繋がってる——少女を描き続ける直木賞作家の初期傑作、新装版で登場

サマー／タイム／トラベラー1
新城カズマ
あの夏、彼女は未来を待っていた——時間改変も並行宇宙もない、ありきたりの青春小説

サマー／タイム／トラベラー2
新城カズマ
夏の終わり、未来は彼女を見つけた——宇宙戦争も銀河帝国もない、完璧な空想科学小説

零　式
海猫沢めろん
特攻少女と堕天子の出会いが世界を揺るがせる。期待の新鋭が描く疾走と飛翔の青春小説

野尻抱介作品

太陽の簒奪者《さんだつしゃ》

太陽をとりまくリングは人類滅亡の予兆か？星雲賞を受賞した新世紀ハードＳＦの金字塔

沈黙のフライバイ

名作『太陽の簒奪者』の原点ともいえる表題作ほか、野尻宇宙ＳＦの真髄五篇を収録する

南極点のピアピア動画

「ニコニコ動画」と「初音ミク」と宇宙開発の清く正しい未来を描く星雲賞受賞の傑作。

ふわふわの泉

高校の化学部部長・浅倉泉が発見した物質が世界を変える――星雲賞受賞作、ついに復刊

ヴェイスの盲点

ロイド、マージ、メイ――宇宙の運び屋ミリガン運送の活躍を描く、〈クレギオン〉開幕

神林長平作品

あなたの魂に安らぎあれ

火星を支配するアンドロイド社会で囁かれる終末予言とは!?　記念すべきデビュー長篇。

帝王の殻

携帯型人工脳の集中管理により火星の帝王が誕生する――『あなたの魂～』に続く第二作

膚《はだえ》の下　上下

無垢なる創造主の魂の遍歴。『あなたの魂に安らぎあれ』『帝王の殻』に続く三部作完結

戦闘妖精・雪風〈改〉

未知の異星体に対峙する電子偵察機〈雪風〉と、深井零の孤独な戦い――シリーズ第一作

グッドラック　戦闘妖精・雪風

生還を果たした深井零と新型機〈雪風〉は、さらに苛酷な戦闘領域へ――シリーズ第二作

小川一水作品

第六大陸 1

二〇二五年、御鳥羽総建が受注したのは、工期十年、予算千五百億での月基地建設だった

第六大陸 2

国際条約の障壁、衛星軌道上の大事故により危機に瀕した計画の命運は……。二部作完結

復活の地 I

惑星帝国レンカを襲った巨大災害。絶望の中帝都復興を目指す青年官僚と王女だったが…

復活の地 II

復興院総裁セイオと摂政スミルの前に、植民地の叛乱と列強諸国の干渉がたちふさがる。

復活の地 III

迫りくる二次災害と国家転覆の大難に、セイオとスミルが下した決断とは？　全三巻完結

小川一水作品

老ヴォールの惑星

SFマガジン読者賞受賞の表題作、星雲賞受賞の「漂った男」など、全四篇収録の作品集

時砂の王

時間線を遡行し人類の殲滅を狙う謎の存在。撤退戦の末、男は三世紀の倭国に辿りつく。

フリーランチの時代

あっけなさすぎるファーストコンタクトから宇宙開発時代ニートの日常まで、全五篇収録

天涯の砦

大事故により真空を漂流するステーション。気密区画の生存者を待つ苛酷な運命とは？

青い星まで飛んでいけ

閉塞感を抱く少年少女の冒険から、人類の希望を受け継ぐ宇宙船の旅路まで、全六篇収録

ハヤカワ文庫

星界の紋章／森岡浩之

星界の紋章Ⅰ—帝国の王女—

銀河を支配する種族アーヴの侵略がジントの運命を変えた。新世代スペースオペラ開幕！

星界の紋章Ⅱ—ささやかな戦い—

ジントはアーヴ帝国の王女ラフィールと出会う。それは少年と王女の冒険の始まりだった

星界の紋章Ⅲ—異郷への帰還—

不時着した惑星から王女を連れて脱出を図るジント。痛快スペースオペラ、堂々の完結！

星界の断章Ⅰ

ラフィール誕生にまつわる秘話、スポール幼少時の伝説など、星界の逸話12篇を収録。

星界の断章Ⅱ

本篇では語られざるアーヴの歴史の暗部に迫る、書き下ろし「墨守」を含む全12篇収録。

星界の戦旗／森岡浩之

星界の戦旗Ⅰ—絆のかたち—

アーヴ帝国と〈人類統合体〉の激突は、宇宙規模の戦闘へ！『星界の紋章』の続篇開幕。

星界の戦旗Ⅱ—守るべきもの—

人類統合体を制圧せよ！ラフィールはジントともに、惑星ロブナスⅡに向かったが。

星界の戦旗Ⅲ—家族の食卓—

王女ラフィールと共に、生まれ故郷の惑星マーティンへ向かったジントの驚くべき冒険！

星界の戦旗Ⅳ—軋《きし》む時空—

軍へ復帰したラフィールとジント。ふたりが乗り組む襲撃艦が目指す、次なる戦場とは？

星界の戦旗Ⅴ—宿命の調べ—

戦闘は激化の一途をたどり、ラフィールたちに、過酷な運命を突きつける。第一部完結！

クラッシャージョウ・シリーズ／高千穂遙

連帯惑星ピザンの危機

連帯惑星で起こった反乱に隠された真相をあばくためにジョウのチームが立ち上がった！

撃滅！　宇宙海賊の罠

稀少動物の護送という依頼に、ジョウたちは海賊の襲撃を想定した陽動作戦を展開する。

銀河系最後の秘宝

巨万の富を築いた銀河系最大の富豪の秘密をめぐって「最後の秘宝」の争奪がはじまる！

暗黒邪神教の洞窟

ある少年の捜索を依頼されたジョウは、謎の組織、暗黒邪神教の本部に単身乗り込むが。

銀河帝国への野望

銀河連合首脳会議に出席する連合主席の護衛を依頼されたジョウにあらぬ犯罪の嫌疑が⁉

著者略歴　ゲームデザイナー，漫画原作者，作家　著書『この空のまもり』『富士学校まめたん研究分室』『宇宙人相場』（以上早川書房刊）『猟犬の國』〈マージナル・オペレーション〉シリーズ他多数

HM=Hayakawa Mystery
SF=Science Fiction
JA=Japanese Author
NV=Novel
NF=Nonfiction
FT=Fantasy

セルフ・クラフト・ワールド 1

〈JA1211〉

二〇一五年十一月二十五日　発行
二〇一六年　九　月　十五　日　二刷

（定価はカバーに表示してあります）

著　者　芝《しば》村《むら》裕《ゆう》吏《り》
発行者　早川　浩
印刷者　草刈龍平
発行所　株式会社　早川書房
郵便番号　一〇一 - 〇〇四六
東京都千代田区神田多町二ノ二
電話　〇三 - 三二五二 - 三一一一（大代表）
振替　〇〇一六〇 - 三 - 四七七九九
http://www.hayakawa-online.co.jp

乱丁・落丁本は小社制作部宛お送り下さい。
送料小社負担にてお取りかえいたします。

印刷・中央精版印刷株式会社　製本・株式会社フォーネット社

ISBN978-4-15-031211-4 C0193

本書は活字が大きく読みやすい〈トールサイズ〉です。